剣の約束

はぐれ武士・松永九郎兵衛

小杉健治

幻冬舎時代小説文庫

剣の約束　はぐれ武士・松永九郎兵衛

目次

第一章　潜入

一

どこからか暮れ六つ（午後六時）の鐘が聞こえる。対岸の浅草寺の鐘か。早春の川風は日が暮れてひんやりしてきた。

暗くなった隅田堤にひとの姿はない。三囲稲荷の参道にある常夜灯の明かりが輝きを増してきた。

松永九郎兵衛はやるせない気持ちで隅田川に目をやっていた。三十過ぎで、額に刀傷がある。傷口は痛みをとっくに忘れている。

隅田川では幾艘もの船が提灯の明かりを川面に映している。

九郎兵衛が見張っているのは、ひと際目立って、川の中ほどに浮かんでいる大きな屋根船である。

その船が出たのが、半刻（約一時間）ほど前。

中には五十過ぎの商家の旦那風の男と、侍がひとり乗っていた。侍といっても、浪人ではない。逆さ富士の紋付の羽織を着ている身分の高そうな若い武士であった。二十六、七歳ぐらいだ。遠目だったが、額の広い吊り上がった目の男だということはわかった。

船が岸に舳先を向けた。九郎兵衛は一歩、そしてまた一歩、桟橋に向かって歩き出した。

やがて、船が岸に着いた。

船頭がふたりを降ろす。

ふたりは三囲稲荷のほうへ足を向けて歩き出した。

九郎兵衛は尾けた。少し離れているが、いつでも走り出せる体勢を整えていた。

誰も近くにはいない。

ただ、ふたりだけがひっそりと歩いている。

念のために、九郎兵衛は辺りを見渡した。ひとの気配はない。

ふたりは三囲稲荷の前を過ぎ、有名な料理屋の明かりを左手に見ながら先に進んだ。小梅村(こうめむら)のほうに向かっている。

商人が足を止めた。隣の武士が驚いたように数歩後退(あとずさ)って何か叫んだ。

九郎兵衛は思いっきり駆け出した。

商人は匕首(あいくち)を握っていた。九郎兵衛に気づき、顔を向ける。鋭い目つきをしていた。九郎兵衛はすでに柄(つか)に手をかけていた。

商人は九郎兵衛に構わず、武士に襲いかかろうとする。九郎兵衛は刀を引き抜くや否や、声も出さずに、商人を斬りつけた。

商人の肩口から血が溢れ出る。

武士は目を見開いて、九郎兵衛を見る。咄嗟に刀を抜こうとした。

「待て、お主の味方だ」

九郎兵衛が刀を納めながら言った。

「何？」

武士は警戒しながらもきき返した。

「お主の味方だ」

もう一度言った。

そういう指示であった。

「誰に頼まれた?」

武士がきく。

「……」

九郎兵衛は答えない。これも指示通りだ。

「何が目的だ」

武士はたて続けにきいた。

「呑み込みが早いな」

九郎兵衛は頭の切れる男だと思った。あまり武芸に秀でている様子ではないが、鋭さを感じた。

「それは後日、話しに行く」

「後日? いつのことだ」

「まだ日にちが決まっておらぬ。だが、近いうちには行く」

「ということは、わしが誰なのか存じておるのだな」

武士の声が低く響いた。

「御前崎（おまえざき）藩の江戸家老、鴨沼平八郎（かもぬまへいはちろう）」

九郎兵衛は言い放った。

強い風が吹き付ける。鴨沼が口を開いたが、声は聞こえなかった。

九郎兵衛はじっと鴨沼を見つめた。

「家老ともあろう者が供を連れず、ずいぶん不用心だな」

「供は屋根船に残してきた。まさか、この男がわしを襲うとは思わなかった」

鴨沼は切なげな声で言い、

「この男が誰だか知っているのか」

と、きいた。

「知らぬ」

「知らぬのに斬ったのか」

「お主を斬ろうとしたからだ」

「わしを助けるためにここにいたのか」

鴨沼は少し安心したように言った。

九郎兵衛は咳払いしてから、

「そうするように頼まれた」

「誰にだ?」

「まだ言えぬ」

「そうか。ともかく、助けてもらった礼は屋敷に来たときに改めてしよう」

鴨沼は口にする。

「俺がいつお主のところを訪ねても、ちゃんと通してもらえるようにして欲しい」

九郎兵衛は要求した。

「わかった。お主の名は?」

「松永九郎兵衛」

「偽名であろうが、勇ましい名前だ」

「本当の名だ」

九郎兵衛は相手の目をじっと見て答えた。

一瞬、鴨沼が虚空を見つめて考えた。

だが、すぐに九郎兵衛に顔を戻す。

「上屋敷に来るときも、松永九郎兵衛と名乗るのか」

「そうだ」

「存じているか知らぬが、我が藩の警備は厳しい。ただ名乗るだけではなく、どこの松永九郎兵衛と名乗らなければならない。ただの浪人では、通してもらえぬかもしれぬ」

「では、元沼津藩、剣術指南役の松永九郎兵衛と言おう」

「それは本当のことか」

「いちいちきくな。嘘はつかぬ」

九郎兵衛は素っ気なく答えた。

「わかった」

鴨沼は頷いた。

「それから、まだある」

九郎兵衛は言った。

「何だ？」

「今ここで、お主の身に着けているものを何か貸して欲しい」

「何故だ」

「いちいち理由をきくな。さあ、早く」

九郎兵衛は促した。賢明な男だから、わざわざ脅す必要もないだろう。

鴨沼は渋々印籠を渡してきた。

根付が逆さ富士になっている。

「他に何か？」

鴨沼がきいてきた。

「ここをすぐに立ち去れ。あとは任せろ」

九郎兵衛は鴨沼を追いやった。

それから、商人の亡骸を草むらに隠した。引っ張るとき手を摑んだがごつごつしていて、ただの商人とは思えなかった。

九郎兵衛が芝神明町にやって来たのは、それから一刻（約二時間）後のことであった。ひと際大きな料理屋『鯰屋』の裏口を入った。

この店は幕府の御用達で、毎日城内で将軍が食べる魚はここを通している。それだけに、いくら裏口であっても立派な造りであった。

九郎兵衛は黙って上がって、長い廊下を何度か曲がった先にある中庭を見渡せる部屋にたどり着いた。

「失礼するぞ」

九郎兵衛は襖を開けて入った。

中には小太りで、したり顔の男がいた。『鯰屋』の旦那、権太夫であった。

「随分、早ようございましたな」

権太夫は顔だけを向けて、手のひらで正面に座るように誘った。

九郎兵衛は刀を外して、腰を下ろした。

「死体は小梅村の草むらに放りこんできた。明るくなれば、すぐに見つかるだろう」

九郎兵衛は言い放った。

「指示通りですな」

何の労いもなかった。

権太夫は九郎兵衛を舐めるように見てから、懐から小判を取り出した。

「これで新しい袴でもお買いください」

一両を九郎兵衛の前に置く。

「なんだ」

九郎兵衛はきき返した。

「よく見ると、返り血がついています」

「後で洗う。それに、これくらい気づかれまい」

「松永さま！」

権太夫の図太い声が耳に響いた。

「妙な声を出すでない」

「貴方(あなた)さまがそのような油断をしてどうするのです」

叱りつけるように言い、

「ともかく、新しいものを買ってください。よろしいですね」

と、無理やり約束をさせられた。

ここのところ、以前よりも権太夫の態度が大きくなっている。いずれは、呼び捨てにされるのではないかとも思えてくる。

「俺が斬ったのは、一体何者だ」

九郎兵衛はきいた。

仕事をしたら、答えてもらえる約束であった。

「あれは『今川屋』の旦那の吉富殿です」

「何を商売にしている者だ？」

「海産物屋でございます」

「店はどこにある」

「そこまでは、お話しする必要はございません」

権太夫は素っ気なく言う。

もう関わり始めて半年くらいが経つが、どうもこの男の正体が摑めない。

「俺は好き好んで人殺しをしているわけではない」

「存じております」

「余程の理由があるから斬るまでだ」

「ええ。でも、松永さまが殺らなかったら、鴨沼さまが斬られていたでしょう」

「うむ」

「あの男は今は商人面をしていますが、元は遠州のごろつきです。まあ、生かしておいて益になる男ではありません」

「その男がどうして御用商人にまでなったのか。その上、なぜ御前崎藩の家老を殺そうとしたのだ？」

「それはおいおい」

権太夫ははぐらかすように言い、

「これで、松永さまは鴨沼さまの信頼を勝ち得たでしょう。これで、御前崎藩の上屋敷に入り込めます」

権太夫はほくそ笑んだ。

「俺に何をやらせようというのだ？」

「とりあえずは、鴨沼さまの言うように」

「なぜ、すべてを明かさぬ」

九郎兵衛は腹が立った。

「何度も申しております。時期がきたら、お話しをいたします」

「では、これだけは教えてくれ」

九郎兵衛はぐっと身を乗り出し、

「どうして、『今川屋』の旦那の吉富が鴨沼を殺そうとしていることがわかったのだ?」と、きいた。

「まあ、そのこともおいおい」

「『今川屋』に間者(かんじゃ)がいるのか」

「さあ、どうでしょうか」

権太夫は惚(とぼ)けた。

ふざけやがってと、九郎兵衛は不快になった。

「その目はなんです?」

権太夫がどこか見下すようにきく。

「いや」

九郎兵衛は色々と言いたいこと、ききたいことを呑み込んだ。

「それより、何か鴨沼さまの身に着けていたものを借り受けてきましたか」

権太夫がきいた。

「ああ」

九郎兵衛は頷く。

「なんです？」

「これだ」

九郎兵衛は思い出したように、懐から印籠を取り出して渡した。

権太夫は軽く頭を下げて、受け取った。

「それをどうするのだ？」

「どうもしません」

権太夫は涼しい顔で答える。

ちっと舌打ちして、

「それより、死体が発見されたらどうするつもりだ」

と、九郎兵衛はきいた。

「いえ、それは心配ありません。今頃はもう灰になっているはずですから」

「灰に？」

だとすると、あのあと、権太夫の手の者がどこかに死体を運んで焼いたのか。

あの辺りは、人通りが少ないから、死体を運ぶことは容易かもしれないが、その者もあの場にいたのか。

「この仕事には俺以外も、関わっているのか」

九郎兵衛はきいた。

「……」

権太夫は腕を組んだまま答えない。

九郎兵衛は半年ほど前のことを思い出した。無実の罪で捕まって小伝馬町の牢屋敷に入れられていた。死罪寸前に助け出してくれたのが鮐屋権太夫だった。

この男は自分を利用するために、助けてくれたのだ。今では、権太夫の命令に逆らえないことになっている。

それより権太夫は九郎兵衛のことを調べ上げていた。江戸に来てから誰にも言っていなかった生き別れた妹のことや、かつての仲間だった韋駄天半次、浮名三津五郎、小春、そして神田小僧巳之助の消息を知っているような態度を取っている。

権太夫に使われるのは不本意だが、使われていれば、金に困ることはない。

「とりあえず、俺は次に何をすればよいのだ」

九郎兵衛はきいた。

「御前崎藩の上屋敷に入り込んでください」

「上屋敷に？」

「そうです。鴨沼さまに頼んでみるのです」

権太夫は少し考えてから、

「三日後の暮れ六つ（午後六時）くらいに行ってみてもらいましょう」

と、付け加えた。

「わかった」

九郎兵衛は口にした。

鳥の不穏な鳴き声が聞こえてきた。

二

翌日の朝。九郎兵衛は霊岸島に行った。

晴れ渡った空に、鳶が翼を広げて悠々と飛んでいた。

九郎兵衛は鳶を見ながら、ふと自分の境遇を振り返った。昨日斬った今川屋吉富は、本当に権太夫のいうような男だったのか。

あくどい商人には違いあるまい。だが、殺すほどの男であったのか。

人でなししか殺さない。

自分が吐いた言葉が心に跳ね返ってくる。

今まで殺した者は数知れない。十人を超したあたりから数えなくなった。だが、殺す必要が本当にあったのか首を傾げる者は何人かいる。

その者たちのことは未だに心に残っている。

可哀想なことをしたというより、侍としての誇りが傷つく気がした。

（今川屋吉富はどっちなのだ）

もやもやしたまま、毅然と聳え立つ土蔵造りの店の前に立った。綺麗な暖簾が掛かっていて、黒塗りの看板に金字で『今川屋』と書かれている。

九郎兵衛は正面から入った。

十数名いる奉公人たちが忙しそうに働いていた。まだ旦那が死んだことを知らないのか、奉公人たちは威勢がよかった。

黒い前掛けをかけた中年の番頭風の男が近づいてきた。

「いらっしゃいまし。御用をお伺いします」

「旦那はいるか」

九郎兵衛はきいた。

「いえ、生憎出ておりまして」

番頭は申し訳なさそうに言った。

「いつ帰ってくるのだ」

「まだ決まっておりません。ここのところ、忙しくて、遅くなってしまうかもしれず」

「どこへ出ているのだ」

「今日は色々と回ると言っていまして」

番頭は頭を軽く下げて言い、

「大変恐縮でございますが、お名前を伺ってもよろしいですか」

と、訊ねてきた。

「松永九郎兵衛だ」

「松永九郎兵衛さま……」

思い出そうとする顔つきであった。

「御前崎藩からやって来た」

九郎兵衛は言った。

「それは失礼いたしました」

番頭は余計に恐縮して、

「ということは、鴨沼さまの？」

と、きいてきた。

「そうだ」

九郎兵衛は短く答えた。

「どうぞ、こちらへ」

番頭は急に態度を変え、九郎兵衛を店に上げた。

九郎兵衛は番頭に案内され、廊下を進んだ先の客間へ行った。

その間に、番頭は金次郎と名乗った。

客間は八畳間で、裏庭が見渡せて、赤と白の梅が見えた。枝に小鳥が何羽か止まっていた。

ふたりは堅い表情で向かい合う。

庭から聞こえる小鳥の喧嘩するような声が、やけに殺伐としていた。

「昨日、旦那は鴨沼さまと会うと出て行ってから帰ってきておりません」

金次郎が恐ろしいものを見たような目つきになる。

「そのことに間違いはないのか」

九郎兵衛はきいた。

「はい」

「妙だな」

金次郎が首を傾げる。

「昨日、旦那は約束の場所に現れなかった」

「そんな……」

金次郎は信じられないという顔をする。

「嘘をついているとでも言うのか？」

「いえ、そうではありませんが、駕籠かきが薬研堀の船宿の前で降ろしたときに、そこにお武家さまがいらっしゃったと」

「それが、鴨沼殿だと？」

「いえ、駕籠かきは鴨沼さまのことを存じません」

「なら、違う武士と会っていたのではないか」

九郎兵衛は言い返す。

金次郎は腕を組んで考え込み、

「松永さまと仰（おっしゃ）いましたね」

と、確かめてきた。

九郎兵衛は黙って頷く。

「初めてお名前を伺いましたが、大変失礼でございますがお役職は？」

言葉の丁寧さとは裏腹に、目つきは鋭かった。

ただの商人ではない。堅気でもない。言うなれば、自分と同じにおいがする。人を殺したことのある者が持っている独特の雰囲気を感じ取った。

「まさか、俺を疑っているのではあるまいな」

九郎兵衛は目を吊り上げた。

「滅相もない」

金次郎は慌てて首を横に振り、

「ただ、気になっただけでございます」

と、言い訳をする。

だが、訝しそうに見る目は変わらない。

「鴨沼殿の客人だ」

「客人？」

金次郎が思い出そうとする。

「しばらくの間、鴨沼殿の元に身を寄せている」

九郎兵衛が被せて言った。

それから、続けた。

「頼まれたことはする。だから、こうしてここにやって来たのだ」

「左様でしたか」

金次郎は納得していないようだが頷き、

「それで、うちの旦那に用というのは？」

と、きいてきた。

「例の件についてだ」

九郎兵衛が適当に言い放つ。

「例の件？」

「惚けなくてもよい」

九郎兵衛が重たい声で、静かに言った。

「本当に何の件か、見当もつきません」

金次郎は困ったように眉を八の字に曲げる。

「わからぬだと？」

九郎兵衛はきつい声を出した。

「ええ、何で嘘をつきましょうや……」

金次郎は苦々しげに言い、突き刺すような目をする。

「まずもって金のこと」

九郎兵衛は山を張った。商人と家老が結びつく。まずは賄賂が考えられる。

「はっきりと仰ってくださいませ。何の金でしょう」

金次郎が促した。

「鴨沼殿に支払う金があったであろう」

「聞いておりません」

「なに？」

「おそらく、勘違いされているのでしょう」

金次郎は、はっきりと言ってから、

「それより、松永さまの方こそ、何かお隠しになっていることがあるのでは？」

と、訝しそうに九郎兵衛を見る。

「たわけたことを」

「では、六角(ろっかく)さまはどうなさっているのですか」

「六角だと？」

「普段であれば、六角さまが取次をなされます。それが、急に松永さまになるというのはおかしいではありませんか」

「鴨沼殿が決めたことだ。俺はただ頼まれて来ている」

「しかし、『今川屋』は御前崎藩の御用商人でございます。藩のことを、わざわざ客将の松永さまに頼むなど、ちょっと考えられぬ話だと思いますが」

金次郎は睨みつけるように、九郎兵衛を見る。

どこでも大店(おおだな)の番頭であれば、それなりに肝が据わっている。しかし、言葉こそ丁寧であるが、ここまで攻撃的な態度を見せる者はなかなかいない。

これは探りではなく、すでに九郎兵衛が鴨沼からの使いではないと気が付いているに違いない。

あまり長居をしては、不利な立場になりそうだ。

「ともかく、旦那からなんの連絡もなく困っておる」

九郎兵衛は強い口調で言いつけた。

「それは、失礼いたしました」

金次郎が形ばかり詫びる。

「まあ、金の件は鴨沼殿も心配しているが、一番は旦那の行方だ。誰かと揉めていたということはないのか」

九郎兵衛は改まってきいた。

「特にはございませんが……」

金次郎の語尾がわずかに濁った。

「何かあるのだな」

九郎兵衛はすかさず追及する。

「いえ、ございません」

金次郎は否定した。

「本当か？」

「はい。お気遣いありがとうございます」

金次郎は頭を下げた。

「旦那は鴨沼殿のことをどう思っているのだ？」

九郎兵衛は探りを入れた。

「どうと仰いますと？」

「内心では毛嫌いをしているのではないかと思ってな」

「ご冗談を」

金次郎は大仰に顔の前で手を振った。

わざとらしい仕種に思えた。

九郎兵衛はそれ以上、何も摑めないと思い、早々に『今川屋』を出た。背中に感じる視線がやけに尖っていた。

その次の日の朝、九郎兵衛はもう一度『今川屋』へ行った。

昨日の客間とは別で、もっと廊下を奥に進んだ部屋に通された。

窓はあるが、日差しがあまり入ってこない陰湿なところであった。畳のすり減りも気になる。

滅多に使っていないような部屋だ。

どこからか、視線を感じる。

何かあったらすぐに出てこられるように、用心棒でも控えているのか。

気になりながらも、九郎兵衛は金次郎と向き合った。

「昨日は失礼いたしました。まだ旦那は帰ってきておりません」

金次郎が改まって頭を下げた。

声が硬かった。

「手掛かりは？」

九郎兵衛はそう言ってから、どこに潜んでいるのか見極めるように部屋をじろりと見渡した。

「まったく……」

金次郎は首を横に振り、

「どうなされたのですか?」

と、沈んだ声できいてきた。

「なにか殺気がするのでな」

九郎兵衛は反応を見ようと試みた。

「変なことを仰らないでください。まさか、私が松永さまを襲うとでも?」

金次郎は含み笑いをする。

「まあ、よい。剣の腕には自信がある」

九郎兵衛は愛刀三日月(みかづき)に手を添えた。

「そこまでお疑いになるのでしたら、どうぞお調べになってください。私としても面白くのうございますから」

金次郎は不機嫌そうに言い、隣の部屋と接している襖を開けた。

誰もいない。

続いて、縁側の障子を開けた。

土蔵が見える。

誰の姿もなかった。

残るは天井裏か。

九郎兵衛は見上げた。

「まさか、そちらもお疑いで？」

金次郎が指してきく。

「いや」

九郎兵衛は短く答え、

「出直すとしよう」

と、帰る素振りを見せた。

「えっ」

金次郎は意外だったようだ。

「旦那がいなければ意味がない」

「でも、松永さまは……」

九郎兵衛は何も答えず、ただ金次郎の目をじっと見た。

金次郎は身を乗り出していたが、それ以上は口を開かない。まるで、先に口を開いたほうが負けかのような面持ちだ。

九郎兵衛はそれに乗った。

粘るのには慣れている。

しばらくすると、金次郎が目を逸らした。

「私にわかることであれば、旦那の代わりに」

「お主が？」

「ええ。もし、鴨沼さまが新たに金の都合をつけろというのであれば、仰ってください」

金次郎の声は低く、重たかった。

「昨日は金のことは知らぬだの、客将の俺が関わるのが理解できぬだの散々なことを言ったではないか」

九郎兵衛が嫌味を言う。

「昨日、あれから上屋敷へ伺いました。そのときに、六角さまとお話ししたところ、松永さまのことを存じていると」

「では、鴨沼殿にも会ったのか」

「いえ、お会いできませんでした。六角さまとお会いしただけです」

「そうか」

九郎兵衛は当然のごとく答えながらも、気味の悪さを感じた。

六角とやらを知らないのだ。

それどころか、鴨沼にはそのうち訪ねると言っただけで、話を付けているわけでもない。

それなのに、どうして話を合わせたのだろう。

鴨沼に何かやましいことがあるからか。それとも、この金次郎を敵とみなしているのか。あるいは、金次郎がかまをかけているのか。

いずれにしても、この場では真意がわからなかった。

「それより、旦那が二日も帰っていないのは妙ではないのか」

九郎兵衛は探るようにきいた。

「ええ」

「女のところに居続けているのか」

「いえ、そんなことはありません」

「では、どうしたのだ？」

「さあ」

「旦那が二晩も帰ってこないというのに、なんだか落ち着いているように思えるが」

「とんでもない。心配でなりません」

金次郎は表情を曇らせた。

「そうか。わかった。もう一度、鴨沼殿に相談してから参る」

九郎兵衛は立ち上がって言う。

外に出て、『今川屋』を振り返る。旦那が二日も帰っていないのにずいぶん落ち着いている。金次郎がいるため商売に差し障りはないからか。

九郎兵衛は不審を抱きながら引き上げた。

三

翌日。暮れ六つ（午後六時）の鐘が鳴った。

九郎兵衛は外桜田にやって来た。御前崎藩の上屋敷は周囲の大名屋敷と比べれば、小さかった。

三万石であるから、当然である。だが、漁港の水揚げが多く、藩の収入はよいときいている。

当主は松方讃岐守直政といい、まだ二十六歳であるが、大規模な藩の財政再建を進めるなど、その手腕を認められている者だそうだ。

九郎兵衛は門番に、

「松永九郎兵衛と申す。家老の鴨沼平八郎殿を訪ねて参った」

と、堂々と告げた。

門番は一度屋敷の中に入っていき、しばらくしてから目上の者を連れてきた。

四十くらいの生真面目そうな武士であった。

「松永殿、お待たせしました。さあ、こちらへ」

その武士は名を六角鹿之助といった。家老と藩主との取次をする御側役であるという。この者も鴨沼に感じたような頭の切れる感じがあった。

上屋敷の敷地内にある家老屋敷に向かう。金次郎が言っていた六角とは、この男だろう。

玄関を入り、奥の部屋の前に行き、六角は声をかけて襖を開けた。

部屋に、鴨沼が待っていた。

六角は案内だけして立ち去ろうとしたが、鴨沼がその場に留まるように指示した。

「鴨沼殿」

九郎兵衛は呼びかけた。

「六角はわしの腹心である。この者がすべてを把握していないといけないのでな」

鴨沼は厳しい顔で言う。

六角を見る。表情を変えない。

「まあ、よかろう」

九郎兵衛はふたりを交互に見てから、

「『今川屋』の金次郎が俺のことを探りにここを訪ねてきただろう」

と、きいた。

「二日前に」

六角が答える。

「どうして、俺のことを知っていると答えたのだ」

九郎兵衛は六角に顔を向けた。

「何か問題でもございましたかな」

六角がきく。

「いや、ただ気になったのだ」

九郎兵衛が答える。

鴨沼が咳払いをしてから、

「知らぬと伝えたら、かえって金次郎が疑いを抱くだけだ。それはこちらとしても迷惑だからである」

と、硬い表情で答えた。

「差し詰め、お主らと『今川屋』の関係も一筋縄ではいかないということか」

九郎兵衛は大きく頷いた。

それには、ふたりとも何とも言わなかった。

「それで、今日訪ねてきた訳とは？」

六角がきく。

「しばらくの間、俺をここに居させてくれ」

と、頼んだ。

鴨沼はわかっていたように、

「やはり、そういうことだと思った」

と、言い放った。

「なぜ、そうだと思ったのだ」

九郎兵衛がきく。

鴨沼は小さくため息をついてから、

「わしを助けたのは、わしの信頼を得るためだ。その上で上屋敷に入り込む。狙いは何だ？」

と、言い放つ。

「わからぬ」

「わからぬ？」

鴨沼は不思議そうに九郎兵衛の顔を見る。

「そうだ。わからぬ」

九郎兵衛が繰り返し、

「ただ、鴨沼殿の味方をすることに間違いない」

と、言い切った。

「その証はどこにある？」

六角がきいた。

「今川屋を斬ったことが証だ」

「誰に頼まれたのだ？」

「言うなと命じられている」

「そうか」

六角は厳しい表情で、

「松永さまを屋敷に入れると、我々も狙われかねぬが……。本当の狙いはご家老の命ということも考えられる。今川屋を犠牲にして上屋敷に入り込み、ご家老を……」

「命を奪うなら三日前の夜にやっていた」

「信じよう」

　鴨沼が力強く言う。

「六角」

　鴨沼が呼んだ。

「はっ」

　六角が応じる。

「松永殿を空いている長屋に案内せよ」

　鴨沼が命じた。

「わかりました。家中の者にはご家老の客人ということにしておきます」

　六角は言い、

「どうぞ、こちらに」

　と、立ち上がって誘った。

　家老屋敷を出て、上屋敷の門の左右にある長屋に向かった。

「ちょっと、いいか」

　九郎兵衛が六角にきいた。

「なんでしょう？」

六角が足を止めた。

「鴨沼殿と今川屋はどういう関係なのだ？」

「今川屋は我が藩の出入りの商人です」

「その今川屋がなぜ鴨沼殿を殺そうとした？」

「某（それがし）にはわかりかねます」

六角が目を合わせずに、はぐらかす。

「お主は鴨沼殿の右腕だというではないか。知らぬはずがない」

「わかりません」

六角は落ち着いて答える。

「では、この藩の中でお主が信頼できる人物は誰だというのだ」

「そうですね……」

六角は考えてから、

「松永殿との経緯は鴨沼さまと某しか知りませぬ」

と、答えた。

「つまり、他には信頼できる者はいないということか」

「まあ」

六角は渋い顔をした。

ふたりは長屋に着いた。

六角が戸を開け、九郎兵衛は土間に足を踏み入れる。

「では」

六角は去って行った。

四畳半の奥に、六畳間がある長屋であった。九郎兵衛は奥の部屋に座った。

床の間には、掛け軸もなく、ただ刀置きが置いてあるだけだった。

まだ部屋で落ち着く気にはなれず、九郎兵衛は自分の部屋を出た。

戸を開けると、三十くらいの大柄な侍と出くわした。

その者は、はっとしたように、

「松永九郎兵衛さまでございますね」

と、きいてきた。

九郎兵衛はそれには答えず、

「お主は?」

と、訝しそうにきいた。

「六角半蔵と申します」

「六角?」

「六角鹿之助は兄にございまする」

半蔵は付け加えた。

さっき、他に信頼できる者はいないと言っていた。弟であっても、信頼に足りないということか。

「鹿之助殿は俺のことは家老と自分しか知らないと言っていた。どうして、そなたは知っているのだ?」

「兄の勘違いでしょう」

「勘違いか」

半蔵の顔をじっと見つめる。

「母が違いまする故、あまり似ていないのでございます」

半蔵が勝手に言う。暗闇のなか、半蔵の白い歯が見えた。

「さようか」

九郎兵衛は頷いた。

武士にしてはやけに馴れ馴れしい。こういう者は苦手であった。

「これからどちらへ？」

半蔵がきいた。

「少し屋敷を散策しようと思ってな」

九郎兵衛は誤魔化した。

「それでは、拙者がお供仕(つかまつ)ります」

半蔵がまたもや、屈託のない笑顔を見せた。

「されど、お主も用があるのだろう」

「いえ、案内させて頂きとうございまする」

今度は頭を下げてきた。

「うむ」

九郎兵衛は頷いた。

ふたりは歩き出す。

半蔵は言葉が途切れることがなかった。勝手に色々と案内してから、自分のことや藩の財政のことまで話し出した。

六角家は代々藩主の松方家に仕える家系で、父親は組頭であったそうだ。

「江戸家老の鴨沼殿は？」

九郎兵衛はきいた。

「鴨沼さまは、代々家老職の家柄」

「鴨沼殿は若いが、殿さまも若いのか」

「ええ」

「では、うまくいっているのか」

「はい。ただ、国許には筆頭家老がおりまして、鴨沼さまとは対立しております。まだ先代の鴨沼さまのときのことですが、藩主の後継を巡っていざこざがあったそうにございます」

「よくあるような、筆頭家老と江戸家老で、違う後継者を立てたということか」

「はい。先代の殿さまが後継をお決めになる前にお亡くなりに……」

「急死か。殺されたのでは？」

九郎兵衛はわざと言った。

「いえ、それはございません。餅を喉に詰まらせて亡くなったのです。たまたま拙者もその場におりましたが、運が悪かったとしかいいようがございません」

さすがの半蔵も笑顔を見せずに答えた。

「いつのことだ？」

「十年前にございます」

「ということは、今の殿さまが十六歳のときだな」

「はい」

「先代の鴨沼さまは側室の子である直継(なおつぐ)さまを推しておりました。しかし、筆頭家老の大野(おおの)さまのご意見がとおり、正室の子の直政さまが藩主に」

「いま直継さまはどうしているのだ」

「三千石の旗本で、木挽町(こびきちょう)にお屋敷がございます」

半蔵が答えた。

何か物音が聞こえた。

「この音は？」

九郎兵衛はわざと耳を澄ます仕種をしてきいた。

「内職をしているのでしょう」

「内職？」

「我が藩では、下級武士は生活が苦しいので内職が認められています。御前崎は馬の産地ということもあって、蹄を作っております」

半蔵は堂々と答えた。

「そうか」

九郎兵衛は半信半疑ながらも頷いた。

「ところで、『今川屋』の旦那を知っているか」

「吉富というひとでしょう」

「そうだ。鴨沼殿とは親しいのか」

「江戸家老と御用商人ですから。我が藩も『今川屋』からかなり金を融通してもらっています。今川屋が何か」

半蔵はきいた。

「いや、何でもない」

今川屋のことは、兄の六角が言うように他には知らせていないようだ。

ひと通り案内してもらってから、また長屋に戻った。

「拙者は松永さまの隣にございますから、お困りのことがありましたら、気兼ねなくお頼りください」

半蔵は別れ際、そう言った。


次の日の朝、九郎兵衛は家老屋敷に赴き、鴨沼の元に顔を出した。

鴨沼は九郎兵衛の顔を見るなり、

「昨晩は、六角半蔵と会ったようだな」

と、言った。

すでに話が伝わっている。

「向こうから話しかけてきた」

「なかなか愛想のよい奴だからな」

「ああ、かえって気味が悪いくらいだ」

九郎兵衛は言い返した。

心なしか、鴨沼の目が鈍く光る。

「それより、今川屋吉富のことはどうなっている？」

九郎兵衛がきいた。

「どうなっていると言うと？」

鴨沼がきき返す。

「まだ、いなくなったという騒ぎにはなってないのか」

九郎兵衛はきく。

「まだだ」

「死体が見つかっていないのだな」

「そなたが始末したのではないのか」

鴨沼が言う。

「別の者だ」

「他にも仲間がいるということか……」

鴨沼は畳の一点を見つめる。

「あの者が死んでご当家に影響は？」

九郎兵衛はきいた。

「有能な番頭がいる。心配いらない」

「あの夜、どんな用で屋根船で密談をしたのか」

九郎兵衛は鋭くきいた。

「たいしたことではない」

鴨沼は短く答える。

「そんなはずはない」

「吉富殿が今まで何をやってきたのか、あるいは吉富殿を動かしたのが誰なのか。興味があるのはわかるが、あまり首を突っ込まないほうがいい」

鴨沼は重たい声で言う。

「脅しているのか」

九郎兵衛はきき返す。

「いや、心配しているのだ」

「何を心配するのだ」

「お主の命が危ないかもしれぬからな」

「そんな心配は結構だ」

九郎兵衛は一蹴して、

「剣の腕なら誰にも負けぬ自信がある」

と、不敵に笑った。

「……」

鴨沼は黙って、九郎兵衛のことを舐めるように見た。

鴨沼が何を考えているのかわからない。

「引き上げる」

九郎兵衛は部屋を後にした。


半刻（約一時間）が経った。

九郎兵衛は『鯰屋』の裏口から入った。ちょうど、番頭が立っていた。

「松永さま。ご苦労さまで」

番頭は今回の務めを知っているのか、妙に含みのあるような顔をした。

「権太夫は？」

「奥の部屋に」

「上がるぞ」

九郎兵衛は履物を脱いで、廊下を歩き出した。

やがて、部屋の前に来た。

襖は開いたままで、中では権太夫が短冊に句を書いていた。

「風流だな」

九郎兵衛が嫌味っぽく言った。

「心を落ち着かせているのでございます」

「お主にも心が乱れることがあるのか」

「それは人間ですから」

権太夫は不敵に笑う。

九郎兵衛は勝手に中に入り、権太夫の正面に腰を下ろした。

「どうされましたかな」

権太夫が首を傾げる。

「御前崎藩で、俺は何をすればよいのだ」

九郎兵衛は訊ねた。

「とりあえずは、藩のことを何となくでも探っておいてください。近々、ちゃんとお頼みすることがあると思いますので」

判然としない返事であった。

「納得がいかないようでございますね」

「当たり前だ。ただ、上屋敷に放り込まれても困るだけだ」

「でも、鴨沼さまは松永さまのことを信用しているのですから」

権太夫は平然と言う。

「あの者の内心はわからぬ」

九郎兵衛は小さく首を横に振る。

「しかし、こうして松永さまは自由に上屋敷から出てこられています」

「どこかで待ち伏せして殺すこともあるかもしれぬな」

「そんなことはありませぬ」

「どうしてそう言えるのだ？」

「鴨沼さまに松永さまを殺さねばならない理由はありません。それに、松永さまは命を救ってくれた恩人ではありませんか」

「鴨沼は俺のことをほんとうに信用しているわけではない。俺が何のために近づいたのかを探ろうとしているのだ」

九郎兵衛は続ける。

「それに、鴨沼は俺に指図している者がいると見抜いているのだからな」

「でも、ちゃんと受け入れています。味方だと思っているからですよ」

権太夫は落ち着いて言った。

「鴨沼はお前さんのことを知らないんだろう？」

九郎兵衛はきく。

「いずれお話しします」

権太夫は言う。いずれというときには、今は何度きいても絶対に答えてくれない。この男の意志は堅い。

「また来る」

九郎兵衛はもう用は済んだとばかりに立ち上がり、勢いよく部屋を飛び出した。

が、敷居を跨(また)いでから振り返ると、権太夫は短冊と筆を持ち、今まで九郎兵衛と一緒だったことなど忘れたように句作に真剣な顔つきになっていた。

それに、いつも冷静を装っているが、なかなか執念深い性格である。

権太夫がいつにもまして忌々(いまいま)しく思えてならなかった。

四

九郎兵衛は御前崎藩上屋敷の長屋に戻ってきた。

夜になって、六角半蔵がやって来た。また陽気な笑顔であった。

「松永さま」

人懐っこい声で言う。顔さえ見なければ、十七、八歳くらいかと思う。

「何か？」

九郎兵衛は素っ気なく返した。

「ちょっと、ふたりで呑みませんか」

「酒をか」

「それ以外に何がございます。もしかして、酒は苦手で？」

「それならようございました。こちらに酒を持って参ります」

半蔵は九郎兵衛の返事を聞く前に出ていって、すぐに大きな徳利と猪口を持って戻ってきた。

ふたりは奥の部屋で、向かい合った。

互いに酒を注ぎ、

「乾杯にござる」

と、半蔵はどこか楽し気に言った。

九郎兵衛は何も答えずに、酒を口に運んだ。

甘く、とろみがあり、口の中に残る。

苦手な味であった。だが、半蔵は旨そうに呑んでいる。

「どうして、俺に近づく?」

九郎兵衛は冷たい口調できいた。

「何というのでしょう。松永さまを一目見たときに感じたんです」

「感じた?」

「いや」

「このお方だと……」

　恥ずかしさを隠すように、半蔵は酒を呑んだ。

　どこかわざとらしい気もするが、嫌味がなかった。

「兄とは性格がまるで違うな」

　九郎兵衛は言った。

「母親が違いますから」

「しかし、父親は同じだ」

「父親なんぞには育てられておりませぬ」

　半蔵は意外にもきつい言い方をした。すぐに気が付いたのか、

「まあ、兄は拙者よりも何倍も頭が切れますすし、努力をしております。比べるほうがおかしいくらいで」

　と、また柔らかい声で言った。

「そんなに気を遣いながら暮らしていたら、疲れるだろう」

「気を遣う？　そんなことはございません」

「では、余程神経が図太いのだろうな」

九郎兵衛はわざとそんな言い方をした。

それでも、半蔵はにこにこしている。意外にも、昨日感じた嫌悪感は今日は感じなかった。

「それより、松永さまはどうして、そんなに尖っているのでございますか」

半蔵がまた笑顔できいてくる。

「尖ってはおらぬ」

「いいえ、尖っておられます」

「強情だな」

「松永さまこそ。まるで、兄のようにございます」

「六角鹿之助?」

「ええ、兄もそのような言い方をします」

半蔵は、しっかりとした物言いをする。

「お主と話していれば、誰でも嫌気が差して、こんな口調になるだろう」

九郎兵衛は鼻で嗤った。

「また御冗談を」

半蔵は意にも介さないで、

「松永さまは剣の腕は相当なものでしょうな」

と、言ってきた。

「どうしてそう思うのだ?」

「見ればわかります。強さが滲み出ています」

「鴨沼殿は剣のほうは心もとないようだな」

「あの方は智だけでございますから。武のことはさっぱりわからないのでしょう。武士だというのに……」

半蔵は嫌味のない笑みで、首を横に振る。

鴨沼を馬鹿にしているのか、それとも親しいからこそ、そんなことが言えるのかがわからない。ただ、相手は江戸家老だ。冗談でも、馬鹿にしたようなことを言える立場だとは思えない。

「だが、頭の良い男であることは確かだ」

九郎兵衛は探るように言った。

「たしかに、そうかもしれませんが……」

「いえ、あの方にはあまりお近づきにならないほうが身のためでございます」

半蔵が急に真面目な顔になり、低い声で警告した。

「どうしてだ」

九郎兵衛は表情を変えずにきき返す。

「……」

半蔵は目をまっすぐに向けてくるが、答えない。

「どういうことなんだ」

もう一度、確かめた。

半蔵は、はっとしたように、

「酒の戯れにございます」

と、答えた。

訝しげに見たが、半蔵は何の反応もしない。ただ、九郎兵衛のことをにこにこと見ている。

「さあ、どんどん呑んでください。まだあっちには酒が残っていますから」

半蔵は隣の部屋を指した。それから、九郎兵衛の空いた猪口に注ごうとした。

九郎兵衛は手で蓋(ふた)をするようにして、

「俺の好みの味じゃない」

と、正直に言った。

「甘すぎますか」

半蔵は残念そうにきいた。

「ああ」

九郎兵衛は頷く。

「それでしたら、少々お待ちください」

半蔵は立ち上がった。

「酒はいい」

九郎兵衛は背中に呼びかけたが、半蔵は一度部屋を出て行った。そして、すぐに戻ってきた。手にはまた大きな徳利を持っている。

「こちらは灘(なだ)の酒にございます。お口に合えばよろしいのですが」

半蔵はそう言い、九郎兵衛の空の猪口に注いだ。

九郎兵衛は面倒くさそうな顔をしたが、そんなことは気にしていないようだ。

「とにかく呑んでください」

半蔵が勧める。

「……」

九郎兵衛は一度半蔵を見てから、ぐいと呑んだ。

さっぱりとして、くどくない。

うまいと唸るほどではないが、また呑みたくなる味だ。

「こちらはいけますか」

半蔵は満足そうに言い、また注いでくれた。

もう一杯呑んでから、

「ところで、今川屋吉富という御用商人のことだが」

と、改まった声で訊ねた。

半蔵は、それが何かという顔をする。

「会ったことはあるか」

「見かけたことがあるだけです」

「この藩では誰と親しい？」

「そうですな。兄とは親しいと聞いております」

「鹿之助殿か……」

「あとは、我が藩ではありませんが、直継さまでございますかね」

「旗本の水谷直継さまか」

「はい。我が殿の弟君の……」

半蔵が答えた。

「どうして、直継さまが？」

「わかりませぬ。ただ、そんな話はよく聞きます」

「よく聞くというと、誰からだ」

九郎兵衛は立て続けにきいた。

「兄からにございます」

「うむ、そうか……」

九郎兵衛は酒を呑みながら頷いた。

今川屋吉富が殺されたことは直継の方に伝わっているのだろうか。

鴨沼が六角鹿之助には伝えていた。半蔵には伝わっていない。もし知っていながら、こんな風に接しているのであれば、半蔵は相当な役者である。

九郎兵衛は改めて、半蔵を見た。

「何でございます？」

また屈託のない笑顔で問い返す。

武士として、あまり信頼のおけぬ者かもしれないが、芝居をしているようには見えなかった。

「松永さまは、やはり何か目的があって、我が藩にやって来たのでございますか」

半蔵がいきなりきいてきた。

「どうしてだ？」

「なんとなく、そんな感じが」

半蔵は目が少し虚ろになってきた。顔も真っ赤である。そして、声も眠そうだ。

「いや」

九郎兵衛は首を横に振った。

すると、半蔵がにたりと笑い、

「嘘でございますな。やはり、松永さまは何か訳があって、やって来たに違いありますまい」

と、急に陽気な声を出した。

「酒は弱いのか」

「ええ、好きでございますが、すぐに酔いが……」

「だらしがない」

九郎兵衛は呟いた。

「え？　だらしがないですって？」

半蔵はろれつの回らない口できいた。

「武士たるもの、どんなときでも戦えないといけない。それから……」

九郎兵衛は続けようとしたが、

「そんなこと仰いますが、もう開府から何年経っているかご存じで？　こんな天下泰平のときに、本当は武士なんかいなくたっていいのです」

と、半蔵が言った。

「けしからん」

九郎兵衛は苦笑いした。

心の中で思っていて、親しい間柄ではそんな愚痴をこぼすものなのかもしれないが、昨日初めて会った相手に言うことではない。

「もう夜も遅い。さあ、帰られよ」

九郎兵衛は夜が長くなると面倒なので、早いところ追い返した。

半蔵は出ていく間際、

「松永さま、拙者は一目見たときから何か違うと思っておりました。もちろん、良い意味にございまする。また近いうち、いや明日にでも呑みましょうぞ」

と、弾むような声で言って帰って行った。

九郎兵衛はため息をつきながら、自分の部屋に戻った。

今の酔いは芝居ではないか。ふと、そんなことを思った。

五

次の日の朝、やけに風が強く、上屋敷には砂埃（すなぼこり）が舞っていた。

九郎兵衛は自ら鴨沼の元へ赴こうとしたが、長屋を出てすぐにこちらに向かってくる鴨沼が見えた。

鴨沼は軽く目礼をしてから、

「松永殿に頼みが」

と、口にした。

九郎兵衛は軽く首を傾げた。

「ちょっと、付いてきてもらおう」

鴨沼は低い声で言った。

九郎兵衛はどこへ行くのかわからないまま、鴨沼に従った。

ふたりはやがて、庭の端にある大きな蔵の前に立った。

蔵の前にはがっしりとした体格で、眉が太く、ふっくらとした頰の武士が錠前の鍵を持って立っていた。

鴨沼が土蔵の入口に向かうと、その者は頭を下げた。

(九州の顔だ)

九郎兵衛が思っているところに、

「あれは元薩摩藩に仕えていた者。新参者だ」

鴨沼が言い、奥に入った。

真っ暗で、どことなくカビくさかった。

鴨沼が明かりをつける。

壁際には大きな木箱が何個も積んであり、武具なども置いてあった。相当前のものなのか、まったく手入れしていないように思えた。

「俺に何を見せたいのだ」

九郎兵衛は蔵の中を見回しながらきいた。めぼしいものはなさそうだ。

「見せたいのではない。頼みたいことがある」

鴨沼が改まった声で言った。

「そんなに聞かれてはまずい話なのか」

「ここ数日、常に見張られている気がしてな」

「誰にだ」

「姿が見えぬ。だが、お主の仲間ではないのか」

鴨沼が鋭い目を向けてきた。

「何を根拠に？」

「お主が自分だけではないと言っていたではないか」

「ああ、だが俺も誰が仲間なのかわからぬ」

「そうか」

鴨沼は疑うような目をした。

何度か、鴨沼のこのような目つきを見た。

思慮深い人物なのか。それとも、本当に疑っているのか。

「お主は下郎は斬ると言っていたな」

鴨沼がきく。

「斬るのは人でなしだ」

「わしの頼みであっても斬ってくれるか」

「殺したい者が？」

「ああ」

「誰だ」

九郎兵衛はきく。

「引き受けてくれるか」

「人でなしならな」

九郎兵衛は突き放すように言い、

「相手は誰だ？」

と、もう一度きいた。

「『今川屋』の番頭金次郎だ」

鴨沼の声は低かった。

「奴が何をした？」

九郎兵衛がきく。

心の中では、少し驚いていた。たしかに、奴はただならぬ雰囲気を醸し出している。しかし、九郎兵衛が成敗するに値する男か。

「奴は人を殺した」

「御前崎藩の者か」

「いや」

「誰だ」

「そこまで答えなければならぬか」

「きかせてもらおう」

九郎兵衛が硬い表情で答えた。

鴨沼は厳しい目で九郎兵衛を見る。

宙で、目と目がぶつかる。

「今川屋吉富のときはよく知らなかったのに斬ったではないか。命じた者に逆らえなかったからか」

「俺が命じられたのは鴨沼殿を守れということ。襲いかかったから斬ったのだ」

「いや。守るだけなら斬る必要はなかった」

鋭い指摘だった。その答えを予め考えていなかったので、すぐには返事ができない。

「図星であろう」

鴨沼が低い声で言う。

「命じた者が誰かわかっているのか」

九郎兵衛は確かめた。

「そなたをわしに近付けたお方だ」

「近付けたお方？」

権太夫のことをお方と敬っていうだろうか。

「ともかく、金次郎を殺ってもらいたい」

「何も聞かずに斬れと？」

「そのほうがいい。お主にも余計なことを考えさせなくてすむ」

「無駄な配慮だ」

「いや、知らないほうがよかったと、そのうち思うかもしれない」

鴨沼が押し付けるように言った。

九郎兵衛が口を閉ざしていると、

「金次郎は仕方なく人を殺したのではない。自分の欲のために殺したのだ。そのお陰で、金次郎は今の立場にある。わしが知っているのはふたりだが、他にも殺しているのかもしれない」

鴨沼が説明した。

「そうか」

鴨沼は嘘をついているようには思えなかったが、すぐに好い返事をするわけにはいかなかった。

「金次郎は今川屋吉富が鴨沼殿を殺そうとしていたことを知っているというわけか」

「……」

九郎兵衛は想像して、

「今度は金次郎が鴨沼殿を襲う。そう思ったのだな」

「金次郎が鴨沼殿に襲いかかってきたら、俺は金次郎を斬る。しかし、何もしないのに一方的に斬るわけにはいかぬ」

「だが、金次郎は必ず襲ってくる。その前に」

「返事は後日する」

九郎兵衛は一方的に話を終わらせた。

「そうか」

鴨沼は納得したようだ。

「礼はする」

鴨沼は言い、懐から金子(きんす)を取り出した。

それを、九郎兵衛に差し出す。

「なんだ」

「前金だ」

「まだ引き受けると言ったわけではない」

「受ける前に、金次郎のことを調べるのだろう。奴が本当に殺すに値する人間かどうかを。そうすれば今川屋吉富と金次郎は主人と番頭という間柄以上の関係だとわかるはずだ」

「……」

「なら、その元手として使ってくれ」

「義理は作りたくない」

九郎兵衛は言い返した。

「義理ではない。もし受けなかったとしても、これは返さないでよい」

鴨沼は金子を突きつけてくる。

「なら」

九郎兵衛は受け取って、懐にしまった。

「先に出る」

九郎兵衛は土蔵を出た。

がっしりとした体の眉の太い侍が九郎兵衛を見送った。


その日の昼過ぎ、九郎兵衛は三囲稲荷の前を通り、請地村（うけちむら）のほうに歩いていった。百姓家が点在している。そこから小梅村に足を向けた。水戸藩下屋敷の塀が見える。その近くに焼け崩れた家があった。

羽織姿の男が歩いてきたので、声をかけた。

「ちょっと訊ねるが、火事があったのか」

「そうです」

「燃えたのは百姓家か」

「ええ、ですが、廃屋でした」

「誰も住んでいなかったのか」

「はい。でも誰かがこっそり花火の火薬を持ち込んだようです」

「火薬？　では爆発したのか」

九郎兵衛はきき返す。

「ええ、ばかでかい音が鳴り響いてびっくりしました」

「怪我人は？」

「焼け跡から死者がひとり」

男は顔をしかめて言う。

「死んだ者の身元は？」

「それが爆発で顔も判別できなかったようで……」

権太夫は緻密に策を練っている。

「死んだ者以外にもひとがいたのか」

「さあ、わかりません。岡っ引きの親分が調べているようですが、まだはっきりとは……」

男は首を傾げた。

「岡っ引きか。この辺りだと？」

「本所の小三郎親分です」

「どこに住んでいるのだ」

「亀戸町(かめいどちょう)です。亀戸天満宮の裏手のようです。実家が造り酒屋で、『隅田屋』といいます」

男は丁寧に教えてくれた。

九郎兵衛が立ち去ろうとすると、

「もし、貴方さまのお名前を伺ってもよろしいでしょうか」

男がきいてきた。

「名乗れと？」

「いえ、決して怪しんでいるわけではございませんが、小三郎親分に言われております。この件で訪ねてくる者があれば、必ず知らせるようにと」

男は慌てて、

「申し遅れました。私は小梅村の村役人で、組頭の茂平(もへい)と申します」

「さようか」

九郎兵衛は頷き、

「松永九郎兵衛だ」

と、答えた。

「松永九郎兵衛さまにございますね」

村役人の茂平は繰り返し、

「どちらのご家来でございますか？」

と、さらにきいた。

「そこまできくのか」

「申し訳ございません」

「松方家の者だ」

九郎兵衛の声が意図せず小さくなった。

「松方家？　御前崎藩でございますか？」

茂平がきく。

「そうだ」

九郎兵衛は、はっきりと言った。

「わかりました。お止めして申し訳ございませんでした」

茂平は頭を下げる。

九郎兵衛は焼け跡から北十間川（きたじっけんがわ）を渡り、亀戸天満宮を目指した。

横川（よこかわ）沿いを行き、法恩寺（ほうおんじ）の角を曲がって天神川（てんじんがわ）に出て、亀戸町にやって来た。

亀戸天満宮の参道にある土産物屋で場所を聞いて、岡っ引きの小三郎の家へ向かう。小三郎の家はすぐにわかった。思ったよりも大きな土蔵造りの家だった。

九郎兵衛は裏口から入り、小三郎の名前を呼んだ。

すぐに手代（てだい）風の男がやって来た。

「小三郎さんなら、夕方にならないと帰って来ません」

「そうか。では、また来る」

「何か伝言を？」

「いや、結構だ」

九郎兵衛は『隅田屋』を立ち去った。

そして、隅田堤に戻った。

まだ陽が沈んでいないが、通りかかる者はいない。あのときと同じく、隅田川には渡し船や他の船が出ている。

風が吹く音と共に、どこからか小さな咳払いがした気がした。

九郎兵衛は辺りを見渡した。

誰もいない。

それにもかかわらず、視線を感じた。

しばらくそこに留まり、息を止めて、耳を澄ませた。

呼吸の音もする。

誰かが隠れている。

ゆっくりと三囲稲荷のほうへ戻りながら歩き出した。

少し行くと、突然近くの木の陰から、鳥が二羽ばさばさと飛び出した。

その瞬間、光るものが目に入った。

咄嗟に愛刀三日月を抜く。

黒頭巾を被った侍が肩に刀を担ぐように構え、夜鳥が啼くような掛け声で突進してきた。凄まじい勢いに負けぬように九郎兵衛は刀で弾き返した。

示現流だ。最初の一太刀を外したが、相手は刀を脇に構えて、斬り込んできた。

動きが粗く、隙がある。

九郎兵衛は身を翻し相手の刀を避け、相手の背後に回り込む。

刀の峰を返し、肩口に思い切り叩きつけた。

「うっ……」

鈍い音がして、相手はうずくまった。

九郎兵衛は近づき、黒頭巾を取った。

「お主は……」

九郎兵衛は、思わず声を上げた。

御前崎藩の上屋敷で見かけた顔であった。蔵の前にいた眉の太い、ふっくらとした頬の侍だ。

「なぜ、俺を襲った？」

九郎兵衛はきく。

「……」

侍は答えない。

「誰の指示だ」

「……」

相変わらず、答えない。

この者を上屋敷まで引っ張っていき、鴨沼に突き出そうか。そうしたら、何かしらわかるかもしれない。

だが、相手も屈強な体をしている。抵抗されたら、いくら九郎兵衛といえども、ひとりの力では引きずっていくのは難しい。

それにしても、ひとりで狙ってくるとは馬鹿な男だと鼻で嗤った。それとも、俺の腕を見くびっていたのか。

あの頭の切れる鴨沼がそんな間抜けな過ちはおかさないはずだ。だとすれば、この侍がひとりでやったことか。いや、それはない。誰かに命じられたのだ。

「おい」

九郎兵衛はさらに詰め寄った。

侍は睨みつけてくる。

「俺を殺して何になる」

「……」

「黙り通すつもりか」

「……」

侍は一言も話さない。

「名前は？」

「……」

「どうせ、上屋敷で鴨沼殿にきけばわかることだ。今話してもよかろう」

九郎兵衛は問い詰めた。

そのとき、侍は突如として走り出した。

九郎兵衛は後ろから斬ろうかと一瞬迷ったが、諦めて逃がした。

死体の始末をするのが面倒だ。それより、生かしておいたほうが何かと都合がいい。相手の正体はわかっているのだ。

後ろ姿を眺めながら、どこかやるせない思いに駆られた。

第二章　錯綜

一

陽が沈んだ。昨日の夕方よりは寒くなかった。

九郎兵衛は再び、亀戸町にやって来た。『隅田屋』の裏口を入り、声をかけると先ほどの手代が顔を出した。

「あっ、昼間の」

手代は頭を下げた。

「小三郎親分は戻っているか」

九郎兵衛はきいた。

「はい、つい先ほど。少々お待ちください」

手代は言い、下がって行った。

すぐに、中肉中背だが、やけに目つきの鋭い男がやって来た。いかにも岡っ引きらしい勇敢で、しかも勘が働きそうな顔をしている。

「小三郎ですが」

どこか訝しむように言う。

「御前崎藩の松永九郎兵衛だ」

九郎兵衛は名乗った。

「御前崎藩の方が、どのようなご用で？」

小三郎は首を傾げて、きいた。

村役人の茂平からまだ聞いてはいないのか。それとも、聞いていたがわざと知らない振りをしているのか。

そんなことを考えながら、

「小梅村での火事のことで来たんだ」

と、九郎兵衛は探るように言った。

小三郎は、目を見開いた。

「何かご存じなので？」

「いや、それをききに来たのだ。村役人の茂平から親分が調べていると聞いて」

「村役人の茂平ですか」

「そうだ。そのことで訪ねてくる者があれば、報せるようにと言いつけていたではないか」

九郎兵衛は小三郎の目をじっと見る。

「何のことでしょう」

小三郎はまた首を傾げる。

「親分がそのように指示をしたのだろう」

九郎兵衛は自然と声が強くなった。

「いいえ」

小三郎は不思議そうに言う。

「どういうことだ?」

「村役人の茂平など知りません。それに、あっしはそんなことを誰にも命じていません」

「おかしいな」

九郎兵衛は顔をしかめる。

小三郎が嘘をついているのか。そのようには見えない。

「本当に茂平という男から聞いたので？」

「ああ、焼け跡の近くを通りかかったから声をかけたのだ。そしたら、親分のことを教えてくれた」

「変ですぜ」

小三郎が一蹴するように言う。

「俺が嘘をついているというのか」

「そうではありません。その茂平と名乗った男が嘘をついているんです」

「なに？　では、あれは村役人ではなかったのか」

「どんな容姿でしたか」

小三郎はきいた。

「三十くらいのほっそりとした男だ。そういえば、百姓らしくなかったな」

「ひょっとして花火の爆発と関わりがある者かもしれません。あるいは死んだ男に関わりある者か」

小三郎の目がさらに鋭く光る。

「死んだ男の身元はわかったのか」

「花火の火薬が爆発したので死体がまっ黒こげになって顔がわかりませんでした。花火師ではないかと思ったのですが、行方不明になった花火職人はいませんでした」

「なぜ、花火の火薬が置いてあったのだ?」

「わかりません」

「身元はわからないのだな」

「へえ。今、行方不明になった者を洗い出しているところです」

「そうか」

「ところで、松永さまはどうしてあの火事のことが気になったのでございますか」

と、小三郎がきいてきた。

「たまたま通りかかったときに、焼け跡があった。そこで村役人の茂平という男が小三郎親分から指示を受けていると言った。俺のことが変に伝えられていたら困ると思って、出向いたのだ」

九郎兵衛は答えた。咄嗟に出た言葉にしては、筋が通っていると感じた。しかし、そんなことは顔に表さずに、小三郎を見た。

小三郎は相変わらず鋭い目つきだが、九郎兵衛を疑うようではなかった。

「そうでしたか」

小三郎は頷き、

「松永さまに用があるときは御前崎藩のお屋敷に参上すればよろしいのですか」

と、確かめる。

「そうだ。外桜田にある上屋敷だ。じつは俺は家老の鴨沼殿の客分だ」

「わかりました」

「邪魔をした」

九郎兵衛は『隅田屋』を出た。

九郎兵衛は早足で、芝神明町を目指した。

半刻（約一時間）後。『鯰屋』の客間で、九郎兵衛は権太夫と向かい合っていた。酒が出され、長崎より取り寄せたという珍味も並んでいた。だが、九郎兵衛はそれらには手を付けなかった。

権太夫は構わずに、ひとりで美味しそうに珍味を肴に呑んでいる。今日は機嫌がいいのか、いつもより酒の量も多いようだ。

だが、権太夫の顔色は一向に変わらない。少し饒舌になるくらいだ。

九郎兵衛が『今川屋』のことを探り出そうと、

「遠州のごろつきがどうして御用商人にまでなったのか、話してもらおうか」

「経緯はわかりませんが、商売の才能がずば抜けてあったのでしょう」

「経緯がわからぬだと？　お主は当然調べているはずだ」

「……」

「では、なぜ今川屋吉富は鴨沼を殺そうとしたのだ？」

「鴨沼さまは何と？」

「何も答えぬ」

九郎兵衛は吐き捨てる。

「番頭の金次郎はどういう男だ？」

「金次郎は遠州からの吉富の弟分ですよ」

「奴も、遠州のごろつきだったわけか」

「そうです。さあ、松永さまも呑みなさい」

権太夫は酒を勧める。答える気がないということだ。

九郎兵衛は腹が立ったが、怒るだけ無駄だと思いなおし、

「鴨沼から、金次郎を殺すように頼まれた」

と、口にした。

「やはり、そう来ましたか」

「わかっていたのか」

「まあ」

権太夫が不敵な笑みを浮かべる。

「金次郎が何をした？」

九郎兵衛がきいた。

「鴨沼さまは何と？」

「鴨沼は答えたくないようだ」

「それでも引き受けたのですか」

「いや、まだだ」

「まだ？」

「金次郎が本当に人でなしなら叩き斬ってやらぬでもないが」

九郎兵衛は凄んだ。

「恐ろしいお方だ」

権太夫がからかうように言い、

「それで、金次郎がどんな男か調べているというわけですか」

と、きいてきた。

「これからだ。それより、さっき向島で襲われた」

九郎兵衛は口にした。

権太夫は手元の酒をぐいと呑んでから、

「誰にですか」

と、特に驚きもせずにきいた。

「名前は知らぬ。上屋敷にいた者で、島津家からやって来たそうだ。濃い顔の者だ」

九郎兵衛は答えた。

「新参者ですな」

権太夫は何やら考える。

「おそらく、そいつは俺が吉富を殺したことを知っているのだろうな」

「そうでしょうね」

「その者について、何か思い当たる節は？」

九郎兵衛はきいた。

「ないわけでもありませんが……」

権太夫は濁す。

教えてくれないとわかりつつも、

「何だ」

と、問いただした。

「まあ、その者はさほど脅威にはならないでしょう。襲ってきたらやり返して頂いて、ただ松永さまのほうからその者を手にかけるということだけは……」

「そんなことはしない。何度も言っているように」

九郎兵衛が言いかけたとき、

「人でなし以外は自分から手出ししないというのでしょう。ずっと、その心がけでいてください」

なんとなく癪に障る言い方をした。

権太夫は姿勢を正して、

「これからの身の振り方ですが」

と、声を落とした。

「おそらく、上屋敷の中で、他にも松永さまを疑っている者がいるはずです。その者たちが何か仕掛けてくるかもしれません」

「お前さんは、俺に何をさせるつもりなのだ」

「まだ決まっておりません。御前崎藩のことを色々と調査して、逐一報告に来て頂ければ結構にございます。その都度金の用意はしておきますので」

権太夫は手文庫を手繰り寄せた。

九郎兵衛は金を懐に仕舞い、部屋を出て行った。

御前崎藩上屋敷は闇に包まれて、ひっそりとしていた。

九郎兵衛は家老屋敷へ向かう。

女中の案内で、鴨沼の部屋に行く。

女中が襖の前で声をかけた。中から返事があった。

九郎兵衛は、

「失礼するぞ」

と、勝手に襖を開ける。

細い蠟燭の明かりの中で、鴨沼は文机に向かっていた。

慌てる様子もなく、鴨沼が筆を止める。

「こんな夜分に……」

「夕方、向島で襲われた。島津家にいたという家臣だ」

九郎兵衛は告げた。

「蔵の前にいた者か」

鴨沼が驚いたようにきき返した。

「そうだ」

九郎兵衛は頷き、

「奴は何者なのだ」

と、訊ねた。

「南川五十六という。馬廻り役だ」

「馬廻り役となれば、相当藩主の信頼も厚いのだな」

「新参者でありながら、馬廻り役にした。それだけ、殿は南川のことを気に入っている」

「どうしてだ」

「剣の腕に惹かれたようだ」

どこか、納得のいかない表情だった。

「剣が立つのか」

「立つ。藩で一、二を争う。示現流の使い手というだけではない。一刀流も学んでいる」

「ならば、俺の暗殺に失敗したりしないはずだ。本当に藩で一、二を争う使い手か」

「そうだ。だから、あの男が松永殿を襲ったことに驚いたが、それ以上に暗殺に失敗したことが信じられないのだ」

「俺の腕を見くびってもらっては困る」

「そうではないが、いくら松永殿でも簡単に倒せる相手ではないということだ」

鴨沼が言い切る。

「南川……」

九郎兵衛は呟いた。

あのときの力を感じさせない剣に、咄嗟の逃げぶり。

もしや、わざと失敗したのではないか。しかし、何のために……。

「ともかく、南川を問いただしてくれ」

九郎兵衛は頼む。

「いいだろう」

鴨沼は応じてから、

「ところで、金次郎のことだが」

と、切り出した。

「やるか、どうかの話か」

九郎兵衛がきく。

「そうだ」

「まだ返事はできぬ」

「では、いつになったら」

「もう少し待て」

「あまり間を置きたくない」

「なぜだ？」

九郎兵衛は問いただした。

「金次郎の動きが読めぬからな」

「読めぬというと？」

「お主がどこまで調べたかわからぬが、まだ今川屋吉富が行方をくらましているというのは世間に知られていない」

「金次郎が隠しているのだな」

「隠しているだけならまだしも、吉富がいないのをいいことに、吉富の名前を使って動いている」

鴨沼は苦しそうに顔を歪めた。

「だから早く殺して欲しいと？」

「……」

「そこまで焦るなら、他の誰かに殺すように頼めばよいだろう」

「頼める者がいれば、こんなに苦労はせぬ」

「南川五十六がいるではないか」

「こんなことを命じられぬ」

「右腕の六角鹿之助は？」

「駄目だ」

鴨沼が即座に否定する。

「どうして？」

「わしの手の者は使えぬ」

「万が一、失敗したら、鴨沼殿の立場が悪くなるからか。その点、俺なら何とでも言い逃れができる」

「違う。そなたなら、失敗しない。必ず仕留めてくれるはずだからだ」

「金次郎の狙いは何なのだ？」

「……」

「答えられぬか」

「まだ確信が持てぬ故、適当なことが言えぬ」

鴨沼は渋った。

「まあいい。ともかく、南川のことははっきりさせてくれ」

九郎兵衛は言い、立ち上がった。

二

家老屋敷から長屋に戻った。庭では誰とも出くわさなかった。また、どこからか壺を振っているような音が聞こえてきた。

部屋に落ち着いたとき、六角半蔵がやって来た。相変わらずの愛想の良い笑顔であった。

「お主か」

九郎兵衛はため息混じりに言う。

「ご迷惑でしたか？」

「いや、お主の兄に会いたいと思っていたのでな」

「さては、兄に何か頼まれましたな」

半蔵は冗談めかして言う。

「俺に頼みごとをするのは鴨沼殿だ」

「兄は鴨沼さまの懐刀ですからな」

「鴨沼殿には鹿之助殿以外に誰もいないのか」

「いないでしょう。あの方はなかなか疑い深いですから」

半蔵は何気なさそうに言う。

「疑い深い？　そうは思えぬが」

今川屋吉富の誘いに乗って危険な目に遭いそうになったり、いくら命の恩人といえども得体の知れぬ浪人を客分として迎えたり、決して疑い深いとは思えなかった。

「どうして、そう思うのだ？」

「だって、鹿之助の弟である拙者にも胸の内を明かしませんから」

半蔵は憤然と言う。

「南川五十六」

九郎兵衛は不意に口から漏らした。

「はい？」

半蔵がきき返す。

「南川五十六という馬廻りがいるだろう」

「ええ」

「馬廻り役では唯一譜代の家臣ではないそうだな」

「はい、剣の腕が達者ということで……」

半蔵はそう言いながらも、どこか喉が詰まるような感じであった。

「お主は南川の剣の腕前をどう思う」

九郎兵衛はきいた。

「一度試合をしたことがありましたが……」

半蔵は考えるように間を置いてから、

「よくわかりませんでした。というのも、試合には拙者が勝ちましたが、南川殿はわざと手を抜いているように見えましたので」

と、答える。

「なぜだ？」

「さあ」

半蔵は首を傾げ、

「南川殿が何か？」

と、きいてきた。

「いや、ちょっと外で出くわしたものでな」

九郎兵衛は曖昧に言う。

「そうですか。あの方は何の用があるのかわからないですが、しょっちゅう出歩いています。何か面倒なことを起こさなければよろしいのですが……」

半蔵が短くため息をついた。

「今までに何かやらかしたことが？」

九郎兵衛はきく。

「ないわけではありません」

「素浪人五人ほどに絡まれて、反対に叩きのめして、奉行所から同心が事情をききに来たことがありました。それは南川殿の落ち度ではございませんが」

「どんなことだ」

「その程度か」

「でも、町中で騒ぎを起こしては……」

「売られた喧嘩を買ったまでではないか」

「そもそも、町中で喧嘩を買うことが……」

半蔵はむきになって言い、

「ともかく、南川殿はよくわからないお方です。あまりお関わりにならないほうがよいかと……」

と、窺うような目で見てくる。

「そうだな」

九郎兵衛は低い声で答えた。

「あの……」

半蔵が微笑して呼びかける。

「なんだ」

「もしよろしければ、後ほどお手合わせ頂けませんか」

「手合わせ？」

「もちろん、木刀にございます」

半蔵は慌てて付け加えた。

「わかっておる。だが、お主、剣には自信があるようだな。藩で一、二の腕前の南川に勝っているのだからな」

「そこそこは……」

半蔵は笑顔で答える。

「構わぬが、一体どうして？」

九郎兵衛は不思議に思ってきいた。

「なぜか、松永さまと話していると闘いたくなります」

「どういうことだ？」

「松永さまは……」

半蔵の声が妙に沈んだ。

九郎兵衛は一瞬にして心を構えた。今までおちゃらけた雰囲気だったのが、急に武士の目になる。

相手が何を言うのか待った。

手元が気になる。まだ脇差には手をかけていない。

九郎兵衛は右足をほんのわずかに浮かせていた。

半蔵は咳払いしてから、

「何流の剣術を？」

と、静かな声できく。

丸亀(まるがめ)藩にいた頃には藩の武芸にもなっている直清流(じきせいりゅう)。これは南北朝の名将、佐々木(ささき)道誉(どうよ)に端を発する。

だが、江戸に出てきてからは一刀流、陰流(かげりゅう)、香取神道流(かとりしんとうりゅう)など様々な道場に顔を出した。しかし、どこもそう長くはいつかなかった。

なぜなら、どの道場でも九郎兵衛が一番強かったからだ。

道場破り。

そんな言い方をする者がいたが、九郎兵衛はただ自分で見切っただけだ。だから、自らの流派なども立てない。

ただ、一応他人に流派を聞かれたときのために、

「天狗流（てんぐりゅう）」

という答えを鯰屋権太夫から与えられていた。

九郎兵衛は不本意だが、

「天狗流である」

と、答えた。

「聞いたことのない流派ですな」

半蔵が首を捻る。

少し考えてから、

「すぐにでも手合わせしたいものです」

と、真っすぐな目を向けてきた。

「もう夜が更けている」

「邪魔が入らず、思う存分闘えます」

半蔵はその気になっていた。

「わかった。だが、その前に、お主の兄に会ってきたい」

九郎兵衛は言う。

昼間は忙しそうなので、会うことは容易くなさそうだ。今のうちに会っておきたい。

「もちろんでございます。拙者は支度をして待っています」

半蔵は弾んだ声で言った。

「では、御免」

九郎兵衛は長屋を出て、鹿之助の住む上級家臣の長屋に向かった。

取次の者に用件を言うと、聞こえたのか、鹿之助が出てきた。

「夜分に恐れいります」

九郎兵衛は詫びた。

「上がってください」

土間の脇にある小部屋に通された。

鹿之助は姿勢を正して向かいに座った。

「何でしょう」

鹿之助は表情を変えずに言う。

「ふたつある」

九郎兵衛は予め言ってから、

「まず『今川屋』の番頭、金次郎のことだ」

「はい」

「もう聞いておるか」

「吉富殿がいないのをいいことに、好き勝手しているということですか」

「それもそうだが」

九郎兵衛が続けようとすると、

「存じております。ただ、ここでは」

鹿之助が苦い顔をした。

そして、腰をあげる。付いてこいとばかりに、九郎兵衛を見る。

（誰かに聞かれるのを恐れているのか）

鹿之助は部屋を出て、廊下を進む。やがて、裏口に着いた。

そこから外に出た。

少ししたところに、腰のかけやすそうな大きな岩があった。

鹿之助はその前で立ち止まる。

「中だと誰に聞かれているかわかりませぬ故」

鹿之助はまた苦い顔をした。

「鴨沼殿もそのようなことを言っていた」

「はい」

「見当は付いているのであろう」

九郎兵衛は決め付けた。

「南川が関わっているのか」

鹿之助は首を曖昧に動かした。

九郎兵衛はきいた。

「南川？　どうしてです」

かえって、鹿之助がきいてきた。

「襲われたのだ」

九郎兵衛は言った。

「……」

鹿之助は表情を変えない。

「隅田堤で襲ってきたのだ」

九郎兵衛は聞こえなかったのかと思い、今度はさっきより強い口調で言った。

「聞こえております。なぜ、隅田堤に行ったのです？」

「金次郎が本当に殺しに値する人物か確かめようと思って、まずは吉富殺しのことを調べていたのだ」

「吉富殺しは、松永さまの仕業ではありませぬか」

「なに」

「いや、ご家老を助けてくれたのでしょうが」

「俺は吉富のことをこれっぽっちも知らぬ。だが、悪い噂を聞いていた。その上で、鴨沼殿を殺そうとした。だから、斬り捨てた」

九郎兵衛は正当化するように言った。

鹿之助は同調するように頷く。

「もっとも、吉富がなぜ鴨沼殿を殺そうとしたのか。また吉富が殺されたことが、どういうことを意味するのか、俺にはさっぱりわからぬ。鴨沼殿もお主も答えようとしないからな」

九郎兵衛は口元をひきつらせた。

「教えたくないわけではありません」

鹿之助が言い返す。

「まだ俺が信頼できぬのであろう」

「いえ」

「俺が逆の立場だったら、信頼できない」

「松永さまが誰に頼まれて殺したのか教えてくだされば、某も心を開きまする」

「それはできぬ」

鯰屋権太夫の顔が脳裏を過(よぎ)った。口止めはされていないが、言うべきではない。

権太夫のためではなく、自分のためであった。

まだ権太夫には、かつての仲間のことや妹のことで聞きたいことが山ほどある。

おいおい話すというが、いつになるのかわからない。

しかし、何の手掛かりもない以上、嫌でもあの男を信じる他に方法がない。

その気持ちは変わらなかった。

「松永さまは実直な方だと思いますが……」

「が？」

「正直に申し上げますと、松永さまのことを裏で操っている者の意図がどこにあるのかわかりませんので……」

鹿之助が言った。

「それは、鴨沼殿も同じ考えか」

「ええ……」

「俺もだ」

「え？」

鹿之助が意外そうにきき返す。

九郎兵衛はそれには答えず、

「裏で操っている者に疑心を持っているのに、どうして鴨沼殿は俺を客分として迎え入れた？」

「……」

「得体の知れぬ浪人を客分として迎え入れるのは極めて危険ではないか」

「拒むことができなかったのです」

「なぜだ？」

「それは色々と」

鹿之助は言葉を濁した。

どいつもこいつも隠し事をしやがってと、九郎兵衛は不快になった。

「今川屋吉富が鴨沼殿を殺そうとした理由について、俺なりに思いついたことがある」

「……」

「鴨沼殿は『今川屋』を御用商人から外そうとしていたのではないか。それを知って、吉富は……」

「そんな話はありません」

鹿之助は否定する。

「ない？　ほんとうか」

「はい。それに、今川屋吉富は国許の筆頭家老と深く結びついています。『今川屋』

が江戸に進出するとき、筆頭家老が骨を折っています。ですから、鴨沼さまの一存で、そのようなことはできません」

「うむ」

九郎兵衛は唸った。

が、すぐ気を取り直して、

「ところで、南川は一体、何者なのだ」

と、話を戻した。

「あの方は馬廻り役で……」

「そのようなことを聞いているのではない」

「なぜ、殿の信頼が厚いかということですか」

鹿之助の目が鋭く光る。

「そうだ」

九郎兵衛は頷いた。

「ご家老からお聞きになったはずですが」

鹿之助が平然と答える。

「鴨沼殿とのやりとりはすぐにそなたに伝わる。今のそなたとのこともたちまち鴨沼殿の知るところになるのだな」

「恐れ入ります」

鹿之助は素っ気なく答える。

「吉富と南川は繋がりがあるのか」

九郎兵衛はきいた。

鹿之助は少し考えてから、

「ないと思いますが」

と、曖昧だ。

九郎兵衛は次に、

「南川と金次郎に繋がりはあるか」

と、問いただした。

「某がそのようなことを知っているはずがございません」

鹿之助は若干苛立つように答えた。

だからといって、九郎兵衛は態度を変えなかった。

どこかで犬の遠吠えが聞こえる。それ以外は、風の音すらない。

「では、金次郎は殺すに値する者か」

九郎兵衛は暗闇のなかできいた。

「某が鴨沼さまから頼まれたら、即座に殺します」

重たい声の返事が返ってくる。

「なぜ、鴨沼殿はそなたに命じないのだ？」

「某の腕では無理だとわかっているからでしょう」

「わかった」

九郎兵衛は言い、ため息をついた。

「これから、お主の弟と手合わせしてくる」

九郎兵衛は改まった声で告げた。

三

長屋に戻ると、六角半蔵が木刀を持って待っていた。

「待たせたな」

九郎兵衛は声をかけた。

「いえ」

半蔵が笑みを浮かべた。

「どこでやる？」

「土蔵の脇でいかがでしょう」

「よい」

「松永さまの木刀も用意してあります」

半蔵は言ったあとで、

「南川殿が帰っていないみたいです」

「帰ってない？」

俺の襲撃に失敗し、帰れなくなったのか。

「今夜はどこぞで泊まっているのか」

「外泊は禁じられています。破ったら、お咎めがあります」

「まさか、出奔したのでは」

九郎兵衛は顔をしかめた。

「それはないでしょう」

「どうしてだ？」

「荷物が置いたままですから」

「わざわざ調べたのか」

「……」

「お主。南川の何を知っているのだ？」

「何も」

「嘘をつくな」

「南川殿は……」

半蔵は言いよどんだ。

「南川は何だ？」

「何でもありません」

半蔵は答えを拒んだ。

「それより、お手合わせを」

半蔵は言う。

「いいだろう」

九郎兵衛は諦めて承服した。

ふたりは土蔵のほうに向かった。

庭先で横になっていた猫が飛び起きて、去って行った。

夜空に、上弦の月が浮かんでいた。月明かりがやけに眩しい。

風が出てきた。

土蔵の横は手頃な広さになっていた。

「どちらかお好きなほうを」

半蔵は木刀を二本差し出した。

九郎兵衛は無造作に一本を摑んだ。

片手で大きく振る。

「これでいい」

九郎兵衛は言う。

半蔵は袴の股立（ももだち）をとり、たすき掛けをした。

「では」

九郎兵衛と半蔵は正眼に構えて対峙した。

半蔵は隙があると見せかけている。構えですぐにわかった。相手から攻撃を仕掛けさせようとしているのだ。自分のほうが腕が上だと思っていなければできない。

九郎兵衛も、わざと隙を作った。

半蔵は妙な顔をしながらも、じりじりと間を詰めてきた。

九郎兵衛は動かず、剣先を相手の正面に合わせる。

近づいたと思うと、今度は少し離れていった。

なかなか踏み出せない様子である。

弱い風が吹く。木の葉が揺れ、軽やかな音を立てる。

半蔵は不敵に笑った。般若面のような不気味さがあった。

九郎兵衛は下段の構えをする。

半蔵は正眼の構えに戻った。

さっきより強い風が吹く。

砂埃が舞った。

雲が流れ、月明かりが徐々になくなり、一瞬暗くなった。

（来るか）

九郎兵衛が足を踏み込もうとしたとき、

「やめい」

と、声が響いた。

月明かりが再び照らした。

声のほうには、六角鹿之助がいた。鹿之助はこちらに向かってきた。足音が少し荒かった。

「兄上、なぜ止めまする」

半蔵が文句を言った。

鹿之助はきっとした目で半蔵を見て、

「お主は松永殿に恨みでもあるのか」

と、問い詰めた。

「何を言い出すのです」

半蔵が怒った口調になる。

「どういうことだ」

九郎兵衛が口をはさむ。

鹿之助が九郎兵衛に顔を向ける。

「弟が失礼いたしました。こいつは剣を握ると別人になります。たとえ、木刀であってもです」

鹿之助が深刻そうに言う。

「たとえ、そうだとしても構わぬ。俺も強い者と手合わせがしたかったのだ」

九郎兵衛は言い返した。

「いえ。半蔵は強い相手には闇雲に、夢中で向かっていきます。頭に血が上り、どちらかが怪我をするまで闘います」

鹿之助はそう言ってから、半蔵を見て、

「来るのだ」

と、半蔵を連れ出した。

半蔵は渋々従いながらも、

「松永さま、また今度お手合わせを」

と、頭を下げてきた。

九郎兵衛は頷いて返した。


翌日の朝、六角鹿之助が長屋を訪ねてきた。

「松永殿、弟が失礼いたしました」

鹿之助が頭を下げる。

「気にすることではない。それより、半蔵はだいじょうぶか」

九郎兵衛はきいた。

「だいぶ不満そうでしたが、なんとかなだめました」

鹿之助は答える。

「どうして、そこまでしてあの試合を止めたのだ」

「昨日も言った通りです」

「刀を持つと、人が変わるということか」

「ええ」

「かえって、見たいものだ」

九郎兵衛は小さく笑った。

「あまり見苦しい姿をお見せしたくはございませんので」

鹿之助はきっぱりと言った。

「ところで、南川は？　半蔵の話だと、夜中の時点では帰ってきていなかったが」

「未だに帰ってきておりません」

「そうか。いなくなったのか」

「まさか」

「何かあったのではないか」

「さあ」

鹿之助はあえて無表情を作っているようにも見えた。

なにも答えないつもりだ。

「南川を快く思っていないな」

九郎兵衛は誘いだすようにきいた。

「そんなことはありません」

鹿之助は一瞬のためらいがあってから答えた。そのためらいを、九郎兵衛は見逃さなかった。

たったそれだけであったが、

「南川が俺を殺そうとしたということは、鴨沼殿にも刃を向けたことになるな」

九郎兵衛はしっかりと鹿之助の目を見た。

鹿之助が探る目で見返す。

それから、さらに続けた。

「鴨沼殿には信頼できる者がお主しかおらぬ。鴨沼殿は自ら手を下さぬであろうから、お主が南川を殺したか」

これも、相手から引き出すための芝居である。

本気では思っていない。

金次郎さえも殺せないのに、南川を殺せるはずがない。

だが、鹿之助の目つきが厳しくなる。

「なんとも」

鹿之助は首を微かに横に振り、冷静に返した。

「否定せぬのか」

「何を言っても疑わしいでしょう」

「疑っておらぬ」

「では、なぜ」

「お主の本心が知りたい。いや、お主は鴨沼殿に従っているだけだ。鴨沼殿の考えはいかに」九郎兵衛は迫った。

鹿之助は心中何を隠しているのかわからない。

「鴨沼さまは、松永殿の身も案じている」

そう言ってから、

「ですが、南川のことを懸念していることは某の口から伝えておきましょう」

鹿之助がその場を取りなすように答えた。

目と目が合っていたが、無言になった。互いに言いたいことは多々ありそうだった。

九郎兵衛は面倒なことに巻き込まれてきているのではないかという根拠のない憶測を持った。

「松永殿。本日、ご家老は木挽町にお出かけになられる。ご同道願いたいとのこと」

「木挽町？　藩主の弟のところか」

「そうです。では、あとでお呼びしに参ります」

鹿之助は頭を下げてその場を立ち去った。

藩主松方直政の弟で、三千石の旗本水谷直継の木挽町にある屋敷へ行くらしい。

十年前、先代の藩主が急死したあとに、直継は旗本の水谷家に養子に出されたと聞いていた。

なぜ、俺を誘うのか。どいつもこいつも何を隠していやがるのだと、九郎兵衛は胸くそが悪かった。

それから一刻（約二時間）後。

九郎兵衛は鴨沼の乗った駕籠について、木挽町にやって来た。六角鹿之助も一緒だった。むろん、草履取り（ぞうり）や若党も付いていた。

やがて、旗本屋敷にたどり着いた。

門番はすぐに門を開け、駕籠を中に入れた。庭には梅の花が綺麗に咲いている。

こぢんまりとしていて、品のある庭だった。

「幕府お抱えの作庭家に頼んで造った庭だそうだ」

鴨沼が九郎兵衛に聞かせるように言った。

あまり興味が湧かず、ただ適当に受け流した。

鴨沼に続いて玄関に入る。若党が迎えに出ていた。

九郎兵衛、鹿之助、そして鴨沼の三人はその者に連れられて、広間に通された。

畳は新調したばかりと見えて、藺草（いぐさ）の香りが立っている。まだ触り心地も硬かった。

広間で待っていると、すぐに水谷直継が現れた。二十代前半で、大柄で、ぎろっとした目であった。

「ごくろう」

直継は見た目と違って、足労を気遣った。

「こちらが松永九郎兵衛殿でござる」

鴨沼が引き合わせた。

「そうか。直継である」

直継は九郎兵衛に目を向ける。何の偏見もない公平な眼差しだった。

「はっ。松永九郎兵衛にございます」

九郎兵衛は平伏する。

「なかなか精悍な面構えだ」

直継は頷きながら言う。

「松永殿のことはまた後でお話しするとして、その前に南川五十六のことにございます」

「南川がどうした」

「いなくなりました」

「いなくなった？」

直継は別段驚いた様子はなかった。

「まさかとは思いますが、直継さまの差し金では？」

物腰の柔らかかった鴨沼が、急に責めるような態度になる。

「わしが何をしたというのだ？」

直継がきく。

「南川は松永殿を襲いました」

と、鴨沼は付け加えた。

直継は九郎兵衛に目を向ける。

「怪我は？」

「返り討ちにしました」

「南川がやられた……」

直継が驚く。

「あの者の喧嘩殺法では、通じないでしょうな」

九郎兵衛は蔑むように答えた。

「あり得ぬ」

直継は首を横に振った。

「あの剣術では……」

九郎兵衛は続けようとしたが、

「いや、南川は喧嘩殺法などではない。示現流を極めている」

直継が決め付けるように言ってから、再び考え込む。

そもそも、どうして直継は御前崎藩の新参者である南川のことを知っているのか。

南川は藩主直政の信頼が厚い男なのではないのか。

「この者はどこまで知っているのか」

直継が九郎兵衛のことを確かめるように鴨沼にきく。

「まだ何も」

「何も？」

直継は不思議そうな顔をして、

「では、『鯰屋』のことも？」

と、きいた。

「『鯰屋』ですって？」

九郎兵衛は聞きとがめて叫んだ。

「どういうことですか」

「そろそろ話したらどうだ」

直継が鴨沼に言う。

「はい、もうその頃合いかと」

鴨沼も答える。

「『鱠屋』から遣わされたことを知っていたのか」

九郎兵衛は鴨沼にきいた。

「『鱠屋』のことを最初から知っていたわけではない」

「しかし、俺を客分としてあっさり迎え入れた。どこの馬の骨ともわからぬのに。俺の背後にいる人物に心当たりがあったからであろう」

「確かにそうだ。だが、それはそなたの思っているように『鱠屋』ではない」

鴨沼は否定する。

「では、誰だ？」

「隠密を送り込んだのは公儀かもしれないとも思ったのだ」

「公儀だと？」

九郎兵衛は呆気にとられ、

「なぜ、公儀が入り込むのか。御家騒動の芽があると疑られているのか」

と、鴨沼にきいた。

「鴨沼」

直継が口を入れた。

「もう、この者に話してもいいだろう」

「わかりました」

鴨沼は直継に会釈をし、次に六角鹿之助に顔を向けた。

「そなたから」

「畏まりました」

鹿之助は応じ、九郎兵衛に向かい、

「某からお話しをいたします」

と、居住まいを正した。

「十年前の秋、御前崎藩領内の藤木村で、百姓一揆が起こりました」

「百姓一揆?」

「はい。村人らが蜂起し、町方の米問屋などの襲撃を企んでいることが発覚し、御前崎藩は鎮圧隊を派遣しました。その際、抵抗した村人を三十人近く殺してしまいました」

「酷い」

九郎兵衛は思わず叫んだ。

「十年前はそんなに凶作続きだったのか」

「いえ、じつは」

鹿之助は言いよどみながら、

「筆頭家老の大野さまが江戸へ出府中の殿や公儀への報告に上げたのが百姓一揆ということでしたが、実際は違ったのです」

「違った？」

「年貢の取り立てに行った役人が村人に偽者呼ばわりされて殺されたのです。村人は藩の年貢の二重取りだと騒いで……」

「二重取り？」

九郎兵衛は眉根を寄せる。

「藤木村に年貢取り立ての役人が行くと、村人たちは既に役人が来て納めたと言う。役人はそんなはずはないと、名主（なぬし）に掛け合ったところ、もう納めたばかりで何も残っていないと言われた。そればかりか、その役人が私腹を肥やすために年貢を二重取りしようとしているのではないかと言いがかりをつけてきた。怒った役人が刀を抜くと、村人のひとりが役人を鎌で殺してしまった」

「……」

「それで藩は鎮圧隊を派遣したが、興奮した村人は鍬や鎌を手に武装して迎えた。それが、真相だと」

直継も鴨沼も深刻な顔で聞いていた。

「実際はどうだったのだ？」

九郎兵衛は確かめる。

「もちろん、偽の役人など派遣していません。しかし、生き残った村人たちは二重取りされたといってきかないのです。ですが、鎮圧隊の派遣に恐れをなして村人たちは沈黙しました」

「真相は今もってわからないのだな」

「そうです」

「なるほど、それで筆頭家老は百姓一揆という報告を」

九郎兵衛は頷く。

「ところが、三年前、ある告発が江戸家老になったばかりのわしにあった」

と、鴨沼が口にした。

「藩が鎮圧隊を派遣したが、興奮した村人が鍬や鎌を手に武装して迎えたので、争いになったということだが、実際は村人は抵抗していない。役人が殺されたことに激怒した筆頭家老の大野さまが兵を出して村人を三十人殺したというものだ」

鴨沼は息継ぎをし、

「その告発があった前後に、南川五十六が仕官した」

と、付け加えた。

「どういう手蔓があったのかはわからぬが、兄は南川を家臣に迎えた」

直継が口を入れた。

「兄の信頼を得て、たちまち馬廻り役に抜擢された。兄は剣客が好きなのだ。しかし、ある噂がわしの耳に入った」

「噂？」

「南川は公儀の送り込んだ隠密かもしれないと」

「隠密……」

九郎兵衛は唸った。

「南川は藤木村の虐殺の真相を探るためにもぐり込んでいたと?」

「そうだ」

直継は頷いた。

「鴨沼殿は南川の狙いを知っていたのか」

九郎兵衛はきく。

「知らぬ。わしもその噂をきいたのは最近のことだ」

「噂の出所は?」

「わしが聞いたのは『鯰屋』の権太夫からだ」

直継が口をはさんだ。

「南川を送り込んだのは鯰屋ですか」

九郎兵衛は問いただす。

「いや、違うようだ」

直継は答える。

「公儀の隠密が潜入しているかもしれないのに、なぜ、鯰屋は俺を送り込んだのか」

「それは、南川と鯰屋の狙いは違うからだ」

「俺の役割は何なのだ？」

「もうおわかりだろう」

鴨沼が鋭い声で言う。

「我らの味方をすること」

「味方？」

直継は次期藩主の座を狙っているのか。鯰屋はそんなことのために俺を使っているのかと、怒りが込み上げてきた。

九郎兵衛はその気持ちを顔に出さず、

「しかし南川は、どうして俺を襲ったのだ？」

と、きいた。

「試されたのでは？」

鹿之助が口をはさんだ。

「試された？」

「迂闊なことは申せませんが、南川に松永殿を討つように命じたのは殿ではないでしょうか」

「……」

「殿が南川に不信感を持ちだしたところに松永殿が入り込んできた。ふたりは仲間かもしれないと思い、南川が松永殿を殺すことができるかどうか確かめようとした……」

鹿之助は続ける。

「その命令で、南川は自分が疑われたことに気づいたのではないでしょうか。しかし、松永殿を殺すわけにはいかない。そこで襲撃に失敗したと見せかけ、そのまま逐電したのでは」

「そうか。やはり、わざとか」

九郎兵衛は苦い顔をした。

「そうなると、俺は南川の後釜と思われているということか」

「そうだ。だから『鯰屋』はそなたに何をするのか話さなかったのだ。話せば、そなたは動き回る。そうなれば、すぐそなたが隠密ではないかと疑われる」

そのとき、九郎兵衛ははっとした。

「もしや、そなたの弟の半蔵は……」

九郎兵衛は鹿之助の顔を見る。

鹿之助は頷き、

「半蔵は筆頭家老の大野さまに可愛がってもらっています」

と、打ち明けた。

「そうだったのか」

九郎兵衛はにこやかな顔で近づいてきた半蔵に思いを馳(は)せた。

「弟は松永さまと手合わせをしました。木刀でしたが、懐に短刀を忍ばせていました」

鹿之助は言った。

「短刀？　どういうことだ？」

九郎兵衛は思わず口にする。

「あわよくば、松永さまを亡きものにせんがためかと」

鹿之助が無情に言った。

「……」

「半蔵は南川が松永殿の襲撃に失敗したことを知り、今度は自分で殺ろうとしたのです」

「信じられぬ」

九郎兵衛は言う。

「半蔵は腕に覚えがありそうだった。剣客として立ち合いを望んだと思っていたが」

「松永殿」

鹿之助は厳しい顔になり、

「南川はもしかしたら、半蔵に殺られていることも考えられます」

と、口にした。

「半蔵はそれほどの使い手か」

「藩内では、南川と半蔵が双璧でありましょう」

九郎兵衛は啞然(あぜん)とした。

南川が自分と剣を交えたあとに半蔵に襲われたら……。南川は俺の峰打ちを肩に受けていたのだ。

「じつは半蔵は藤木村の虐殺に加わっていたようなのです」

「なんだと」

「弟は刀を握るとまるで別人になります。頭に血が上り、容赦なく人を斬りつけます。たとえ、抵抗を示さない者であっても斬り殺し、止めようがございませぬ」

「南川はその三十人を殺したことを調べていたというのだな」

九郎兵衛は確かめた。

「そうだ」

「だが、そのことが明らかになったら、筆頭家老の大野は責任をとらされるだろうが、藩主の直政公も無事ではあるまい。そうか」

九郎兵衛は冷笑を浮かべた。

「そのあとを狙っているというわけですな」

九郎兵衛は直継を見つめた。

「松永殿」

鹿之助が口をはさんだ。

「直継さまも鴨沼さまも御家のためを思い、膿(うみ)を出そうとしているのです。決して私利私欲ではありません」

きれいごとを言うなと思ったが、九郎兵衛は気になっていることをきいた。

「今川屋吉富のことだ。あの男は鴨沼殿を殺そうとした。なぜだ？」

「わしが邪魔なのだ」

鴨沼は厳しい顔で言う。

「どうして」

「今川屋吉富は我が藩に食い込み過ぎている。自分を士分にし、藩政に加えさせろと要求していたのだ」

「一介の商人がなぜ、そんなことを要求できるのだ？」

「筆頭家老を後ろ楯にして今川屋吉富は店を大きくしてきた。江戸に進出できたのも、筆頭家老の口添えがあったからだ。しかし、藩政に加わりたいなどとはとんでもない思い上がり」

鴨沼は怒りを抑えて、

「わしは殿にも反対を言い、さらに『今川屋』を御用商人から外すように進言していた。あの夜、『今川屋』が内密で会いたいというので、わしは用心して隅田川の屋根船で話を聞いた」

「どんな話だったのか」

「十年前の虐殺のことだ」

「今川屋吉富はその虐殺を知っていたのか」

「そうだ、証拠を握っているということだった。それから向島の岸に上がった」

「あのとき、岸に上がってどこに行こうとしたのだ？」

「虐殺の証拠を持っている男が三囲稲荷近くの料理屋で待っているといったのだ」

「それでのこのことついて行ったわけか」

九郎兵衛が言うと、鴨沼は渋い顔をした。

「まさか、わしを殺そうとしているとは思わなかった」

「俺は鯰屋権太夫から、三囲稲荷近くで待機し、今川屋吉富が鴨沼殿を殺そうとしたら飛び出して吉富を斬れと命じられていたのだ」

「うむ」

鴨沼は唸った。

「今川屋吉富は殺し屋を雇わず、自身で実行しようとした。商人のくせに腕に自信があったのだな」

九郎兵衛は遠州のごろつきだったという吉富の過去を思い出して言う。

「ただの商人ではない」

鴨沼は吐き捨てる。

ふと、九郎兵衛は疑問を持った。

鯰屋権太夫はどうして吉富が鴨沼を殺そうとしていると察したのか。『今川屋』に間者を送り込んでいるとは思えない。

「おかしい」

九郎兵衛は思わず呟いた。

「何か」

鹿之助が九郎兵衛の顔を見た。

「いや、なんでも」

九郎兵衛は惚けてから、

「鴨沼殿が『今川屋』の番頭金次郎を始末せよと俺に頼んだのも……」

と、きいた。

「そうだ。『今川屋』の企みを阻止するためだ」

鴨沼が答えた。

「俺が殺れば、御前崎藩に不利な報告はされないと睨んでのことか」

「……」

鴨沼は押し黙った。

「図星か」

「松永九郎兵衛」

直継が重々しい声で言う。

「今、御前崎藩で何が起きているかわかったか。今川屋吉富と番頭金次郎は十年前の虐殺を持ち出し、筆頭家老や殿を脅しているのだ。藩政に深く関わろうとしてな。そして、邪魔な鴨沼を排除しようとしている」

「わかりました」

九郎兵衛は一応素直に答えたが、直継や鴨沼が内実を話したのは九郎兵衛を味方に引き入れるためだろう。

しかし、この者たちがすべて真実を語っているかどうかはわからない。

その日の夕方になった。

九郎兵衛は『鯰屋』へ行った。権太夫が戻ってきていないということで、客間で半刻（約一時間）ほど待たされた。

権太夫がやって来ると、相変わらずのしたり顔をしていた。

九郎兵衛は硬い表情で向かい合う。

「南川が失踪した」

九郎兵衛は言う。

「そうですか」

権太夫はさほど反応を示さない。

「今日、直継に会って来た」

この言葉のほうが、まだ権太夫の眉を動かした。

だが、一瞬吊り上がっただけで、

「木挽町の弟君の？」

と、落ち着いた声できき返してきた。

「そうだ。他に誰がいる」

「いえ、おりませぬな」

権太夫が苦笑いしながら言い、

「それで、直継さまが私に頼んできたことを聞いたのですな」

と、わかりきったようにまた笑顔になった。

「お前さんは、御前崎藩の藤木村で起こったあの事件を知っているのか」

九郎兵衛はきいた。

「ええ」

権太夫は短く答える。

「どういう事件なのだ」

知っている振りをしているのかもしれない。あえて、九郎兵衛は確かめた。

「一言で言えば、六角半蔵さまが村人を殺したということですな。殿は半蔵さまの気性を知っていて、わざと派遣したのではないかと」

権太夫は淡々と答えた。

九郎兵衛は頷いてから、

「お前さんの真の目的はなんだ」

ずばりきいた。

「なにを仰るのです？」

権太夫が首を捻る。

「俺を御前崎藩のごたごたに巻き込んで、何をしたい」

「……」

権太夫は答えない。

目には怪しい光を帯びている。まるで、権太夫の思い通りにことが運んでいると
いわんばかりである。

「南川が公儀の隠密だとどうして知ったのだ？」

九郎兵衛はきいた。

「……」

相変わらず、不敵な笑みを浮かべる。

答えるつもりはないのだろう。

「では、これは答えろ」

九郎兵衛は鋭い目で権太夫を睨みつけ、

「今川屋吉富が鴨沼殿を殺そうとしていると、どうして知ったのだ？」

「……」

「『今川屋』に間者を入れているとは思えない。南川からか」

「さあ、どうでしょうか」

「鴨沼殿は邪魔な自分を排除しようとしたと言っていたが、そうだとすると、南川がそれを知ることはできない。南川が知ったということは藩主の直政と今川屋吉富の話を盗み聞きしたからだ。つまり、鴨沼を殺そうとしたのは直政ではないのか。直政が吉富を使って江戸家老の鴨沼殿を……」

「まあ、いいではありませんか」

権太夫は気のない返事をする。

九郎兵衛は舌打ちし、

「これから俺は何をすればよい」

と、きく。

「鴨沼殿からは番頭の金次郎を殺すように言われている」

「まだ、金次郎を殺るのは早いですな」

「金次郎にはまだ使い道があると言うのか」

「そのまま過ごしていれば、自然とわかってくるはずですが、直継さまらの指示に従うことはないです。だからといって、仮に直政さまらの一味が近づいてきたとしても、それに従うこともありません」

「よくわからぬな」

「そのうち、わかってきます」

権太夫はまったく摑みどころがなかった。

四

その日の四つ（午後十時）頃、九郎兵衛は御前崎藩上屋敷の長屋に帰った。

隣の六角半蔵の部屋の戸を開ける。

奥で半蔵が書物を読んでいた。

こちらに顔を向けた。

「松永殿」

半蔵は相変わらずの笑顔で、土間に向かってきた。

「先日は失礼いたしました。兄が変なことを申して、相すみません」

半蔵が頭を下げる。

「懐に短刀があったと言っていたが」

「それは兄のでっち上げにございます」

「どうして、そんなでっち上げを？」

「さあ、前からです」

「ちょっと、酒でも呑まぬか」

九郎兵衛が誘った。

「喜んで。よかったら上がってください」

半蔵が招いた。

九郎兵衛は履物を脱いで、奥の間へ行った。

「松永さまは何か召し上がりましたか」

「いや、まだだが」

「あまりものですが、ちょっと待っていてください」

半蔵は土間の横にある台所へ行き、魚の干物やきんぴらごぼうや切干大根の煮つけなどを持ってきた。

甲斐甲斐しく並べる。それから、酒も注いでくれた。

「毒など入っていないだろうな」

九郎兵衛は半ば冗談っぽくきいた。

「そのようなことはいたしませぬ。御覧の通り」

半蔵は平然と笑って答え、一口つまんだ。

「そなたを揶揄(からか)ったまでだ」

九郎兵衛はまず酒で喉を潤してから、食べ物に箸をつけた。

「無理もございませぬ。兄上があのようなことを言うものですから」

「兄弟の仲はどうなのだ」

「兄弟といっても、母親が違いますし、同じ藩に勤めているだけのこと」

「前は、尊敬しているようなことを言っていなかったか」

「才能は認めます。だからといって……」

「疑われるといい気はしないか」

「仰る通りで」

半蔵は苦笑いした。

「ところで」

九郎兵衛は手を止めて、重たい声になった。

「何です？」

半蔵がきく。

「藤木村のことを聞いた」

九郎兵衛は切り出した。

「あの百姓一揆のことですか？」

「百姓一揆？」

「ええ」

半蔵は頷き、

「それより、どうして松永さまがそのことをご存じなので？」

と、驚いたようにきいてきた。

それから、すぐに気が付いたように、

「もしや、兄上がそのことを？」

と、急に恐ろしい顔をして言う。

九郎兵衛は半蔵の顔をしばらく見たまま、何も答えなかった。

半蔵はもどかしそうに、

「兄上の言うことは信じないでください。あの件については、拙者が悪者にされております る」

と、肩を落とした。

「どういうことだ」

九郎兵衛がきく。

「兄上がどのように説明したのかわかりませぬが、あれは御前崎藩内の権力争いが発展して、我が殿に反対する一部の者が、村人をそそのかして一揆を企てたのです。そして、拙者がその鎮圧に向かった次第でございます」

半蔵は、しっかりとした口調で答えた。

「権力争いというと？」

「それは……」

半蔵は言いよどむ。

「直政公と弟の直継か。直政公には国許の筆頭家老が、直継には江戸家老の鴨沼、今の家老の父親がついて争ったのか」

九郎兵衛は口にする。

「……」

半蔵は答えなかった。

「なぜ答えぬ。お主が鴨沼の一派でなかったら、答えてもよかろう」

九郎兵衛は問い詰めた。

「たしかに、そういう構図になります。ただ、そう一筋縄でいくものではなさそうな気がして」

「回りくどいな。何が言いたい」

「……」

半蔵は躊躇(ためら)う。

九郎兵衛は舌打ち混じりに、

「お主は藩主の直政公に気に入られているようだな。直政公は強い剣客が好きだというからな」

と、深い声で言った。

「今も両者に十年前の遺恨があるのか」

「直継さまと鴨沼さまのほうが未だに納得していないのです」

「十年前に何があったのだ?」

「じつは、先代の殿さまは側室の子である直継さまを後継に望んでおりました。しかし、先代が急逝されたあと、筆頭家老の大野さまが正室の子である長男が継ぐのが当然と正論を唱え、直政公が藩主に。その後、直継さまは親戚の旗本の水谷家に養子に出された。このことを未だに根に持っておられるのです」

「なるほど。ところで、『今川屋』の主人の吉富が士分にしろと迫っているようだな」

「ええ」

「それに反対しているのが鴨沼殿」

九郎兵衛は半蔵の顔を見つめる。

「さあ、どうでしょうか」

「なに？　どういうことだ？　違うのか」

「鴨沼さまも今川屋吉富を利用しようとしていたんです。鴨沼さまは藤木村の事件は筆頭家老の命による虐殺だと、今川屋吉富に訴えさせて、直政公と筆頭家老を追い落とし、直継さまを藩主につけたいと思っていたはずです。ようするに、鴨沼さまも筆頭家老の大野さまも、今川屋吉富を味方に取り入れようとしているのです」

半蔵はいっきに喋った。

「しかし、吉富は鴨沼殿を殺そうとしたんだ。察するに、直政公が今川屋吉富に鴨沼殿を亡きものにしたら士分に取り立てると約束したのではないか」

「吉富が鴨沼殿を殺そうとしたというのは本当ですか」

半蔵がきく。

「本当だ。だが、失敗した」

「どうして、そのことをご存じなのですか」

「色々ある」

曖昧な返答をする。

「では、吉富はどうしたのでしょう」

「さあな」

「そういえば、近頃、今川屋吉富を見かけませんね。ときたま、番頭の金次郎が直政さまを訪ねてまいりますが」

「金次郎は何のために来ているのだ？」

「吉富と金次郎は一体のようなものですからね」

半蔵は顔をしかめて言う。

ふと、九郎兵衛は思いついて、

「そなたは直政公の信頼が厚い」

「ええ、まあ」

「直政公に会わせてくれないか」

「……」

半蔵は目を見張った。

「そなたが会わせてくれなければ、兄の鹿之助殿に頼む。鹿之助殿は家老と藩主の取次役だそうだからな」

「兄に頼むのはおやめになったほうがいいですよ」

「なぜだ？」

「兄は鴨沼さま寄りですから、そんな兄に引き合わせられても直政さまは心を開きませんよ」

半蔵は含み笑いをし、

「いいでしょう。拙者に任せてください」

と、請け合った。

「頼むぞ」

九郎兵衛はそう答えてから、酒をぐいと呑んだ。

翌日の昼過ぎ、九郎兵衛はやることもなく、ただ部屋で刀を研いでいると、半蔵がやって来た。

「松永さま、殿がお会いになるということです」

半蔵が告げた。

「そうか」

九郎兵衛は立ち上がり、羽織と袴に着替えて、部屋を出た。

半蔵に付いて行く。

半蔵は御殿ではなく、庭に向かった。

「どこに行くのだ？」

「庭の四阿（あずまや）です。御殿では、兄も同席するかもしれませんので」

池をまわると、小高い丘の上に四阿があった。

直政が腰掛けに座っていた。近習の侍や女中がそばにいる。

「松永九郎兵衛殿を連れてまいりました」

半蔵が告げる。

九郎兵衛は一歩前に出て頭を下げた。

「色々とそちの話は聞いておる。わしもそちと話がしたかったのだ」

直政が口を開いた。細く、甲高い声であったが、品位はあった。

「恐れ入ります」

「半蔵の話によると、大そう剣術の腕が立つようだ。そちのような者が我が藩にいれば、わしも安心していられる」

色白の面長で、つぶらな瞳であった。直継とは違い、気の弱そうな見た目で、能の男面のような表情であった。

「どうだ、仕官をする気があれば叶えよう」

直政は急に頰を緩めて言う。

「ありがたきお言葉でございますが」

九郎兵衛は恐縮する。

「何かわしにききたいことがあるのか」

「申し訳ございませぬが、殿とふたりで話しとうございます」

九郎兵衛は直政に向かって言い、それから半蔵にも目を遣った。

半蔵は嫌な顔をせずに頭を下げた。

半蔵は近習の侍や女中たちと四阿から少し離れた場所に移動した。

「そちの話を聞こう。そこに座れ」

直政は勧めた。

「はっ」

九郎兵衛は低頭し、腰掛けに腰を下ろした。

「十年前の藤木村の件について」

九郎兵衛は直政の目をじっと見て言った。

仮に鴨沼たちの言っていたことが事実だとしても、直政が認めることはなかろう。

だが、表情の些細な変化を見極めようと訊ねた。

「あれは当時の家老だった鴨沼の父親の陰謀だ。直継に藩主を継がせるために、わしを推していた筆頭家老を追い落とそうとしてな」

「しかし、江戸家老は定府のはず。国許のことには」

「六角鹿之助がいる」

「……」

「あの者はわしと共に江戸と国許を行き来している。十年前、国許に帰っているときに鴨沼の父親の命で、藤木村で事件を起こした。村人を煽動して一揆を起こしたのだ」

「そのことで当時の江戸家老の責任を追及したので？」

「いや、藩内のいざこざがご公儀に知れるとまずいので、不問にした。向こうの企みは失敗したのでな」

鴨沼たちの話と食い違っている。

「実際に村人を斬ったのは弟の半蔵だということですが」

「そうだ。兄の命令には逆らえなかったのであろう」

「……」

直政の言葉がどこまで信じられるか。

「御用商人の『今川屋』のことですが、今川屋吉富は元はといえば遠州のごろつきだったと聞きました。そんな男がどうして『今川屋』を興し、御用商人にまでなれたのでしょうか」

「藤木村での事件の後始末をしてくれた。その功により、商人になる手助けをした」

「何をしたのでしょうか」

「話す必要はない」

直政は強い口調で言う。

「今川屋吉富が士分に取り立ててもらいたいと言っていたそうですが」

九郎兵衛は続けてきいた。

「そうだ。十年前の藤木村でのことを持ちだして、脅してきた。要求を呑まないと、訴えるとな」

「今川屋吉富は家老の鴨沼殿を殺そうとしました。もしや、殿さまが吉富を使って江戸家老の鴨沼殿の暗殺を……」

「そこまで考えたか」

直政は頷く。

「だが、わしが鴨沼を殺さねばならぬ理由はない」

「そうでしょうか。失礼ながら、鴨沼殿が今川屋吉富と組んで十年前のことをもとに脅迫を……」

「待て」

直政は静かに制した。

「実際は失敗しているではないか。そちが助けたのであろう。そして、そちが今川屋吉富を斬り捨てた」

「どうしてそのことを？」

九郎兵衛は目を剝いた。

「鯰屋権太夫に吉富を殺すように頼んだのはわしであるからな」

「なんですと」

「鯰屋権太夫をご存じなのですか」

「うむ」

「どうしてご存じなのですか」

「……」

直政は答えようとしなかった。

権太夫はどちらの味方にも付くなと言った。そして、鴨沼たちも九郎兵衛が『鯰屋』から寄こされたことを知っていた。

九郎兵衛は自分の立場がわからなくなった。

ただ、板挟みにあっていることだけは確かなようであった。

第三章　死の連鎖

一

夜が深くなってきた。霧のような雨が降っている。

風も吹いているが、寒くはなかった。

九郎兵衛が長屋で過ごしていると、

「松永殿」

と、鹿之助が戸を開けた。

弟の半蔵とは似ても似つかぬ容姿に、改めて本当に兄弟なのかと首を傾げたくなる。

「直政殿との話が気になるのか」

九郎兵衛はきいた。

「そのようなところです」

鹿之助が勝手に上がってきた。

そして、向かい合って座り、

「どんなことを？」

と、問い詰めるようにきく。

「たいしたことではない」

九郎兵衛ははぐらかした。

「挨拶をしに行っただけだ」

鹿之助の目は厳しかった。信じていない。だが、追及もしてこない。

「殿は随分と松永殿を気に入ったようで」

含みのある言い方をしてきた。

「それだけ、藩内で信じられる人物が少ないのだろう」

「そうでしょうな。江戸藩邸では」

鹿之助の目が鈍く光った。

「ときに松永殿は、ただの客将として終わる気ですかな」

鹿之助が低い声できく。

「どういう意味だ」

「そのままの」

「だから、なぜそんなことを急に言い出すのだ」

九郎兵衛は少し声を荒らげた。

鹿之助は気にしない様子で、

「松永さまともっと親しくなりたいと思ったからです」

と、わざとらしく口にした。

「俺は誰とも親しくはならん」

九郎兵衛は言い返した。

馴れ馴れしくされると嫌悪する。たとえ、どんな相手でも。

神田小僧巳之助、浮名の三津五郎、韋駄天半次、そして女掏摸(すり)小春も仲間であったが、深く踏み込んだ間柄にはならなかった。

(決して、心を開いては……)

九郎兵衛の思考が、ふと止まった。

あることに思いを馳せるのを邪魔するように、

「殿に気に入られるとは、案外松永殿には人を惹きつける魅力があるのでしょう」

と、言い出す。

「剣術の腕前以外にも見込むところがあったのかと」

鹿之助が言い直した。

「なぜそう思った」

「松永殿と会ったあとの殿の目にございます」

「目がどうした」

「安堵した目をしておられました。誰にも見せたことのない目です」

鹿之助が言う。

「初めて会ったばかりだ。それに、どこの馬の骨か知らぬ者に気を許すとは思えぬ」

「さて、そうでしょうか」

鹿之助が首を傾げた。

「何を言いたいのかわからぬ」

九郎兵衛は言った。

「殿は今川屋吉富となぜか繋がりが深いお方。しかし、一方で吉富のことを快く思っていませんでした」

「……」

「いずれ殿が吉富を成敗したことでしょう。そのときに頼るとなれば……」

鹿之助は含みを持たせる。

「だから、はっきりと言え」

九郎兵衛は今度ははっきりと声を荒らげた。

「松永さまがお気づきにならぬはずがございませぬ」

鹿之助はきつい目で見返してから、

「殿が頼るのは鯰屋権太夫です」

と、言った。

鹿之助は直政が吉富殺しを鯰屋に依頼したことを知っているのか。

「鯰屋はもともと御前崎藩と繋がりが深かったのか」

「いいえ」

「では何故」

九郎兵衛は相手を見定めるようにしてきく。

「当家の困っている状況をある方に相談しましたら、どんな事でもこっそりと処理してくれる者がいるというので、まず某が会うことになりました」

「困っているというのは？」

「以前お話ししたことです」

「直政殿を失脚させたいという件だな」

九郎兵衛が確かめる。

「罪のない人々を殺した殿には、もはや本国を治める力がないからにございます」

鹿之助が言い訳がましく付け加える。

それから、軽く身を乗り出した。

一瞬、どこからか隙間風が吹いた。

鹿之助は膝を前に進める。

距離が若干縮まると、居心地の悪さを感じた。ただならぬ雰囲気が立ち込めた。

九郎兵衛は睨む。

「先日、鴨沼さまが松永さまに金次郎殺しを頼みましたな」

鹿之助が声をひそめて言う。

「ああ」

いきなり、直政から鴨沼に話題を変えた。

「あれは結構でございます」

「なに？」

「もう済んだことですので」

「どういうことだ」

「いえ、松永さまはお引き受けにならないと思いましたので」

鹿之助が言った。

「すでに金次郎を殺したのか」

九郎兵衛はきいた。

「……」

鹿之助は曖昧に首を動かした。

すでに殺したのか。殺ったのは鹿之助か。それとも、これからか。

いや、殺す必要がなくなったのか。

「鴨沼殿の考えか、それともそなたの？」

「むろん、鴨沼さまのお考え」

じろりと、鹿之助を睨む。

靄がかかっているように、瞳の奥には何も見えなかった。

「鯰屋は直政さまについているのか、直継さまと鴨沼殿にか」

「さあ、どちらでしょうか」

鹿之助は曖昧に言い、

「それより」

と、重々しい低い声を出した。

「この機に、殿を殺してください」

九郎兵衛は耳を疑った。

「今、なんと言った？」

「殿を殺すのです」

鹿之助の沈んだ声が耳に刺さる。

「直政殿を？」

九郎兵衛はきき返した。

「はい」

「本気か」

「もし成功した暁には、松永殿を高禄でお取り立てしようとのこと。それに、松永殿であれば、さらに出世することができるでしょう」

「なぜだ？」

九郎兵衛はきく。

「……」

鹿之助は含み笑いをした。

「直継さまを藩主に押し立てるためか。しかし、国許の筆頭家老は黙っていまい」

九郎兵衛は鹿之助を睨みつける。

「殿は何か妙なことを口走っていませんでしたかな」

鹿之助がまた話を変えた。

「いや」

「真にございますか」

鹿之助が疑う。

「ああ」

九郎兵衛は頷き、

「何を気にしているのだ？」

「それは、よかった。てっきり、某のことを話したのかと思いまして」

「どうして、お主のことを？」

「我が殿は、某を邪魔と見ていますので」

「お主らが直継さまを藩主に担ごうとする企てに気づいているからではないのか」

九郎兵衛は鋭くきく。

「疑っているのでしょう」

「それでも、そなたは御側役として、直政殿に仕えているではないか」

「某から、鴨沼さまの動きを聞きだすためです」

鹿之助がきりっとした目で言い返す。

「なぜ、そなたは直政殿を引きずり下ろしたいのだ？」

「藤木村での村人虐殺に関わっているからです」

「筆頭家老が半蔵にやらせたことではないのか」

「その筆頭家老に推された藩主です。その後、この虐殺のことが問題になったときも、筆頭家老の言い分を真に受け、処分をしようとしなかった。藩主としてふさわしくない」

鹿之助ははっきり言い切った。

しかし、直政の言い分は正反対だった。

当時の家老だった鴨沼の父親の陰謀だという。直継に藩主を継がせるために、直政を推していた筆頭家老を追い落とそうとしたと。

そして、江戸定府の鴨沼に代わり、鹿之助が村人を煽動して一揆を起こしたのだと。六角半蔵は兄鹿之助の命令に逆らえなかったということだった。

話はまったく食い違っている。

「今川屋吉富はどうして御用商人にまでなれたのだ?」

九郎兵衛は直政の説明を思い出しながらきいた。

「藤木村での事件の後始末をしてくれた。その功です」

このことは直政の話と一致している。

「今、この藩で起きているごたごたは何なのだ？」

九郎兵衛は、もう一度はっきりときいた。

「おわかりでしょう。鴨沼さまは直継さまを藩主にして御前崎藩をまっとうにしたい。そう思っているところに、今川屋吉富が十分に取り上げ、藩政に参加させろと要求してきて事を複雑にしているのです」

鹿之助は間を置き、

「今川屋吉富は直政さまと直継さまに同じ要求を。両天秤にかけているのです」

鹿之助は真っすぐな目で答える。

「今川屋吉富は藤木村での事件の後始末をしたと言っていたな。つまり、吉富は事情を知っている。吉富の発言次第で、事件の首謀者が決まるというわけか」

「まあ、そういうことになりますか」

「吉富はどちらにつこうとしていたのか」

「あの男はしたたかですから」

（わからぬ）

九郎兵衛は心のなかで呟いた。何が真実で、何が偽りなのか。

そもそも、今川屋吉富を殺したことが、まだ九郎兵衛のなかで呑み込めていないからか。

茫然としていると、鹿之助は立ち上がった。

「お返事はまた聞きに来ます」

そう言い、引き上げて行った。

誰の言葉を信じればいいのか。九郎兵衛は混乱していた。


翌日、九郎兵衛は『鯰屋』を訪ねた。

またしばらく待たされて、ようやく部屋に入ってきた権太夫の顔には不気味な笑みが浮かんでいた。

「六角鹿之助から仕官の話を持ちかけられた。藩主の直政を殺すことを条件にな」

九郎兵衛は切り出した。

「ほう、それはだいそれたことを」

「金次郎はもう殺さなくてもよいと」

「なるほど」

権太夫はあまり驚かない。まるで、わかっていたようであった。

「金次郎は殺されているのか」

九郎兵衛は確かめた。

「わかりませんが、そうかもしれませんね。しかし、殺すとすれば……」

権太夫が考え込んだ。

ふとひらめいたように眉を上げたが、口にしなかった。

「鹿之助だろう」

九郎兵衛は言った。

「はい？」

権太夫が首を傾げる。

「鹿之助が金次郎を殺したのだろう」

九郎兵衛はじれったそうに言う。

「どうでしょう」

「違うのか」

「私にはわかりません」

「だが、その口ぶりは」

「ただ私は別の者の仕業ではないかと」

「誰だ」

「……」

「俺の知っている者か」

「ええ」

「半蔵か」

「……」

「南川？」

「……」

「まさか、鴨沼ではあるまいな」

「そう下手人を詮索する必要はございません」

権太夫は笑いながら答えてから、

「そもそも、まだ金次郎が殺されたかどうかもわかりません。少なくとも、私の耳には何も入ってきていない」

と、あたかも自分がすべて把握しているというような言い方だった。

今名前を挙げた者たちしか、御前崎藩で知っている者はいない。

「誰が殺した」

九郎兵衛はもう一度きいた。

「そのうちにわかると思います」

ふと、九郎兵衛の脳裏に、今川屋吉富殺しのことが蘇ってきた。

小梅村の廃屋で、死体を始末した人物がいる。

村役人の茂平と名乗った男だ。あの男こそ、死体を処理した人物かもしれない。

そして、鯰屋権太夫の仲間、もしくは指示されて動いている者ではないか。

「俺以外にも、この件でお前さんが動かしている者がいるな」

九郎兵衛は決め付けた。

「……」

権太夫は、不敵な笑みを浮かべる。

「それはいいとしても、お前さんは、鴨沼だけでなく、直政とも繋がっていたのだな」

「繋がるというと語弊があります」

「では、両方を手玉にとっているのか」

「手玉にとるなんて」

権太夫は首を横に振る。

「昨日、直政公に会った。こう言っていた。今川屋吉富殺しを鱠屋に頼んだとな。どうなんだ？」

「さあ」

「また、惚けるのか」

九郎兵衛は舌打ちし、

「直政公はお前さんに言われたように、今川屋吉富に鴨沼を殺したら士分にすると約束した。そして、向島で襲うように手筈を整えさせた。その上で、俺に待ち伏せさせた。吉富を殺し、鴨沼の信頼を得て御前崎藩の上屋敷に俺を送り込む、一石二鳥だった」

「……」

「鴨沼は吉富殺しに直政公が絡んでいるのを知らなかったのか」

「吉富は鴨沼さまにとっても直政さまにとっても邪魔な存在」

「鴨沼が直政公が絡んでいるのを知っていたのか知らなかったのかをきいているのだ」

「そんなところでしょうな」

「答えになっていない」

九郎兵衛はいらついてきた。

「松永さまが考えられていることだけがすべてとは限りません」

権太夫は意味ありげに言う。

「なに？」

裏の裏があるというのか。

「たしかに、お前さんが直政と鴨沼を争わせたところで、何の利益になるわけでもあるまい」

九郎兵衛は落ち着いて言った。

「いかにも」

権太夫が頷く。

「俺の立場は……」

「立場？」

「どのように動けばいいのかわからぬ」

「そんなの決まっていること。私の言うままに」

「だが、聞いていない話が後から出てくるではないか」

「そこは頭の切れる松永さまでございます。うまく汲み取って頂ければ」

権太夫はそう言ってから、

「しかし」

と、目を吊り上げた。

「人殺しに関することは、勝手にしないように」

「外道しか殺さない。いくら話を持ちかけられたとしても断る」

「ですが、仏のような相手が外道ということもあります。くれぐれも胸に留めておいてください」

また、わけのわからないことを言う。この男と話していると、気がおかしくなりそうになる。「では、直政は殺すなということでいいな」

九郎兵衛はきいた。

「はい、今のところは」

「今のところだと？」

「はい。今のところは」

権太夫は含み笑いをした。

九郎兵衛は濃霧の中を彷徨(さまよ)うような思いで、『鯰屋』から引き上げた。

二

翌日の朝、九郎兵衛は霊岸島にある『今川屋』へ行った。

間口の広い土間に入ると、商人らしき男が手代と商談している。九郎兵衛は近くにいた別の手代風の男に声をかけた。

手代は少しどぎまぎしながら、

「あいにく、吉富も金次郎もどちらもいないのでございます」

と落ち着きのない声で言った。

「何があったのだ」

九郎兵衛はあえてきいた。

「近頃、忙しゅうございまして」

「忙しい？」

「はい」

「ただ、忙しいだと？」

九郎兵衛は睨みつける。

手代は困ったように目を伏せた。

「正直に言ってもらわねば困る」

九郎兵衛は脅すつもりで腰の刀に手を添えた。

「いえ、その……」

手代は目をぎょろりと見開き、

「ふたりがいなくなって困っているのでございます」

と、声をひそめて言った。

周りの仕入れ先の商人たちには聞こえていないようであった。

「今は誰がここを仕切っているのだ」

「二番番頭です」

「今いるか」

「はい」

手代が後ろを振り向く。

眼鏡をかけて、そろばん勘定をしている中年の小柄な男が顔を上げた。

手代と目が合うと、眼鏡を外して、立ち上がった。

足を滑らせるように、こっちに向かってくる。

「たしか、松永さまと……」

自信なさそうに言った。

「そうだ」

九郎兵衛が頷く。

「二番番頭の平吉(へいきち)にございます。たびたび、足をお運び頂いているにもかかわらず……」

「そんなことはどうでもよい。人目が気にならないところで話がしたい」

九郎兵衛が言った。

「どんなことで？」

平吉はきき返す。

「吉富と金次郎のことに決まっておろう」

「……」

「何も話せぬか」

「いえ、何といいますか」

平吉は戸惑いながら、とりあえず九郎兵衛に店にあがるように言った。

それから、九郎兵衛は近くの客間に通された。

以前にも、金次郎に通された部屋だ。

店とそれほど離れていないが、不思議と声は気にならない。

「吉富の行方がわからなくなったことは知っている」

九郎兵衛はそう前置きをしてから、

「その後、消息はわかったのか」

と、きいた。

「いえ、わかりません」

「奉行所には探索の願いを出したのか」

「いえ」

「なぜだ？」

「一番番頭の金次郎さんが止めたからです」

「なぜ、止めたのだ？」

「内密に御前崎藩の国許に行っているようだと言ってました」

「金次郎がそう言っていたのか」

「はい」

「金次郎も消えたのだろう？」

九郎兵衛は矢継ぎ早にきく。

「はい。しかし、置き文がありました」

「どんな？」

「今岡っ引きの親分が持っているので、お見せすることはできませんが、もし金次郎さんがいなくなったときには、しばらくは公表するなと」

「その意図は？」

「書かれていませんでした」

「吉富は御前崎藩に士分として取り立ててもらおうとしていたようだが」

「そのようで」

「吉富と金次郎がいなくなって、店のほうはどうなのだ？」

「はい。以前から実際に店を仕切っていたのは私なので」

「なに、そなたが？」

気の弱そうな中年男を改めて見つめ直した。

「はい。私は御前崎藩のご城下の呉服問屋にずっと奉公していたもので」

「そうか。わかった」

九郎兵衛は立ち上がった。

九郎兵衛はそれから亀戸の岡っ引き、小三郎の元へ行った。

ちょうど、小三郎は家にいた。

小三郎は九郎兵衛を見るなり、

「松永さまでしたな。たしか、御前崎藩の」

と、口にした。

「またあのときのことで？」

「そうだ」

「じつは死体は損傷が激しく身元の特定が難しくて。行方不明の届けをもとに調べたのですが、該当する者はいませんでした」

「火薬はどうなのだ？」

「おそらく、死んだ男が火薬を持ち込んでいたのでしょう。それで誤って火事を起こして火薬が爆発した。そういう見立てです」

「そうか。では、調べは終わりか」

「はい。これ以上、どうにも調べることはできません」

小三郎は言った。

「村役人の茂平を名乗った男はどうだ？」

「そのような男は見つかりませんでした」

小三郎は答えてから、

「ところで、松永さまはどうしてそんなことを?」

と、きいてきた。

「何か他の事件と絡んでいるのではないかと思ったのだ」

九郎兵衛は咄嗟に答えた。

「他の事件?」

小三郎がきき返す。

「何かはわからぬが」

小三郎は九郎兵衛の答えに納得していないようであった。

九郎兵衛は怪しまれぬうちに退散した。

その夜、九郎兵衛はなかなか寝つけなかった。考えることが多すぎる。誰も彼も、違うことを言っている。

誰が真実を語っているのか。

鹿之助の言っていることがどこまでも真実か。

鴨沼は直継を藩主にして御前崎藩をまっとうにしたい。そう思っているところに、今川屋吉富が士分に取り上げ、藩政に参加させろと要求してきて事を複雑にしているという。しかし、直政に何の落ち度もないのに、直政を引きずり下ろすことなどできまい。つまり、鴨沼は今川屋吉富が士分に取り立てろと要求してきたことを利用して、直政に反旗を翻そうとしているのではないか。

今川屋吉富は藤木村での事件の後始末をしたと言っていた。吉富は事情を知っている。吉富の発言次第で、直政に責任が向くかもしれない。

士分に取り立てることを条件に、吉富に藤木村の虐殺を告白させ、筆頭家老を糾弾し、直政を引きずり下ろす。そう考えているのではないか。

一方、直政にしたら、藤木村の虐殺の真相を知っている今川屋吉富は大きな脅威だ。だから、鯰屋に今川屋吉富殺しを依頼した。

そして、鯰屋はある作戦を直政に授けた。今川屋吉富に鴨沼を殺せば士分に取り立てると言い、向島に誘き出してふいをついて殺すように命じた。

吉富は味方をする振りを装い、鴨沼を向島に誘った。鯰屋はそこに九郎兵衛を待ち伏せさせたのだ。

九郎兵衛は鴨沼を助け、吉富を斬った。吉富の死体は鯰屋の手の者が始末した。

死体が見つからず、吉富は行方不明ということになったが、金次郎は吉富が鴨沼を殺そうとしていたことは知っているはずだ。だから、行方不明になったのは鴨沼のせいだと疑っただろう。

金次郎は鴨沼を追及したかもしれない。だから、鴨沼は九郎兵衛に金次郎を殺すように言ったのだ。

しかし、鹿之助は金次郎を殺す必要はないと言い、その代わりに直政を殺せと言い出した。

いったい、どうなっているのだ。

眠れぬまま、九郎兵衛は起き出し、外に出た。長屋も寝静まっている。だが、相変わらず、中間部屋から壺を振るような音が聞こえる。

ふと、庭の奥のほうで黒い影が動いたのが見えた。九郎兵衛はそのほうに足を向けた。

土蔵が闇夜に浮かんでいる。殺気がした。

九郎兵衛は腰に手を遣る。

同時だった。

突然、黒い影が向かってきた。黒い覆面をしていた。

九郎兵衛は飛び退き、刀を構えて向かい合う。

九郎兵衛は剣先を地面に下ろし、わずかに下段の構えに移した。

「血の匂い」

九郎兵衛が叫ぶと、賊が切っ先を向けて突進してきた。

九郎兵衛は咄嗟に避けて、刀を下から振り上げた。刀と刀が激しくかち合い火花を散らす。

さらに上段から斬りつけてきた。それを刀の鎬で受け止めた。相手は渾身の力で押し込んでくる。

九郎兵衛は膝を狙って蹴とばした。

相手の力が一瞬抜けた。その隙に、九郎兵衛は刀を弾いた。

そして、脇腹めがけて横一文字に斬った。しかし、かすっただけだ。

足音がした。いきなり、曲者は庭の奥に逃げた。

九郎兵衛は追いかけた。が、黒い影は塀のほうに走って行った。

見回りの侍がふたり駆けつけてきた。

「曲者だ」

九郎兵衛は叫んだ。

ふたりも賊を追った。

しかし、見失った。

「賊から血の臭いがした。土蔵の辺りを調べたほうがいい」

九郎兵衛はあとを任せ、長屋に戻った。

隣の部屋から半蔵が出てきた。

「何かありましたか」

のんびりした声できく。

「賊が忍び込んでいた」

「賊？」

半蔵は眉根を寄せ、

「で、どうしましたか」

と、きいた。

「逃げられた」

九郎兵衛は口惜しそうに言う。

「何が狙いでしょうか」

半蔵はきいた。

「さあな」

そのとき、さっきの見回りのひとりが駆けてきた。

「どうした？」

「土蔵の脇で、六角さまが……」

「六角？」

「兄がどうした？」

半蔵が叫ぶようにきいた。

「殺されています」

「なに」

半蔵はうわずった声で、

「組頭さまにご報告を」

と、見回りの者に命じた。

見回りの侍が長屋に走って行く。

九郎兵衛と半蔵は土蔵のほうに駆けた。見回りの侍のひとりが立っていた。足元に、ひとが倒れている。

「兄上」

半蔵が叫んで駆け寄った。

九郎兵衛も愕然とした。鹿之助は袈裟懸けに斬られていた。一太刀で絶命している。

犬の遠吠えがやけに近くに聞こえてきた。上屋敷は大騒ぎになっていた。

三

次の日の朝、九郎兵衛は鹿之助の長屋に行った。

鹿之助の亡骸は長屋の自身の部屋に安置されていた。線香の煙が立ち込めていた。

少し前に藩主直政が線香を上げていったという。

九郎兵衛は亡骸に手を合わせ、昨夜の賊に思いを馳せた。

暗かったし、覆面をかぶっていたので顔はわからない。体格はよかった。剣もかなりの腕だった。

そのあとで、昨夜に引き続き、組頭から事情をきかれた。そばに半蔵もいた。

「昨夜、寝つけず庭に出た。歩いていて、土蔵のほうから黒い覆面をした曲者が走ってくるのと出くわした」

九郎兵衛はもう一度同じように答える。

「どんな人でしたか」

組頭がきく。

「大柄で敏捷な奴だった。かなりの使い手だ」

「塀を乗り越えて逃げたのか」

「そうでしょうな」

九郎兵衛は頷く。

「ところで、松永殿」

組頭が厳しい顔になった。

「寝つけなかったということですが、そういうことはよくおありで?」

「何が言いたいのだ?」

九郎兵衛は憤然とした。

「いや、念のためにお訊ねしただけです」

「まるで俺が斬ったような言い方ではないか。いいか、見回りの侍も逃げて行く賊を見ている」

「しかし、賊を手引きした者がいるやもしれぬので」

「俺が手引きをしたと?」

「いや、そうではない。他にも怪しい人影を見なかったかと思いまして」

組頭は慌てて言い訳をする。

「拙者は松永殿の隣の部屋ですので、松永殿が部屋を出て行く物音を聞いていました。出て行ってから、騒ぎがあるまでそれほどの間はありませんでした。松永殿が土蔵のほうまで行き、兄を殺すのは無理です」

半蔵が助け船を出した。

「いや、念のためにお訊ねしただけです」

組頭は同じことを繰り返し言い、去って行った。

「助かった」

九郎兵衛は半蔵に言う。

「いえ。ほんとうのことを言っただけですから」

半蔵は口にする。

「それにしても、兄上があんなことになってさぞ力落としのことであろう」

九郎兵衛は同情する。

「あまり仲のいい兄弟ではありませんでしたが、こうなってみると寂しい限りです」

「そうだろうな」

九郎兵衛は頷き、

「鹿之助殿に家族は？」

と、きいた。

「国許に妻子が。元服したての男の子がおります」

「そうか」

九郎兵衛は妻子のことを思い、胸を痛めた。

「義姉のことを思うと胸が痛みます」

半蔵はしんみり言う。

「なぜ、鹿之助殿が狙われたのか」

九郎兵衛はきいた。

「ひとから恨みを買ってはいないと思います」

半蔵は複雑な顔をして言う。

「心当たりがあるな？」

九郎兵衛がきく。

「いえ。ありません」

九郎兵衛は、鹿之助から直政を殺すように依頼されたことを思い出した。そのことに直政が気づいたのかもしれない。

「じつは、俺は鹿之助殿からあることを頼まれた」

九郎兵衛は打ち明けた。

「あること？」

「殿を殺してくれと」

「殿を……」

半蔵は呟いてから、

「で、松永さまはなんと？」

「聞き流した。本気で言っているのかどうかもわからぬでな」

「……」

半蔵は考えこんだ。

「直政公はそのことに気づいて鹿之助殿を」

「殿の命令かどうかではなく、兄を斬ったのは南川五十六かもしれません」

半蔵は口にした。

「南川？　だが、南川は俺の襲撃に失敗したあと、行方を晦ましているではないか。それとも、南川はこっそり直政公のもとに」

「いえ、直政公の命令ではなく、南川は独自の企みがあるのかも」

半蔵は厳しい目をした。

「しかし、鹿之助殿はどうして夜中に土蔵まで出かけて行ったのか。南川に誘き出されたのか」

と、疑問を口にした。

「南川が何かの理由をつけて誘き出したのに違いありません」

「なぜ、南川が鹿之助殿を殺すのだ？」

九郎兵衛は半蔵にきく。

「それは……」

半蔵は言いよどむ。

「南川の仕業だとしたら、塀を乗り越えてきたことになるが」

「ご家老だ」

半蔵は声を出した。

鴨沼がやって来る。鹿之助の長屋に向かうようだ。亡骸に手を合わせに行くのだろう。昨夜、絶命している鹿之助の前で惚(ほう)けたように立ちすくんでいた姿を思い出す。

「失礼する」

半蔵に一方的に言い、九郎兵衛は鹿之助の長屋に向かった。

戸口で、九郎兵衛は鴨沼が出てくるのを待った。

ほどなく、鴨沼は出てきた。

鴨沼は九郎兵衛に気づいて足を止める。

「まさか、このようなことに……」

鴨沼の表情は沈んでいた。

「誰の仕業と思われますか」

九郎兵衛はきいた。

「……」

無言で首を横に振り、鴨沼は歩き出した。

九郎兵衛はついていく。

周囲にひとはいないが、九郎兵衛は声をひそめ、

「鹿之助殿は俺に殿を殺してもらいたいと言っていた」

「そうか、鹿之助がそのようなことを……」

「鴨沼殿が命じたのではないのか」

「同じようなものだ。わしの意を酌んで、そのようなことをそなたに頼んだのだろ

「筆頭家老が？」

「病死ということになっているが、殺されたらしい」

九郎兵衛は耳を疑った。

「当然、大野一派の者や殿はわしが刺客を送ったと見ているに違いない。今度は向こうが刺客を送ってくる。そう思った鹿之助は直政公さえいなくなれば争いの種はなくなると思い、そなたにそのようなことを頼んだのだ」

「鹿之助殿は仕返しで殺された……」

「それにわしへの脅しの意味もあろう。直継さまを押し立てるのをやめろということだ」

「どうするのだ？」

九郎兵衛は直政と闘うのかときいた。

「これ以上、騒ぎが大きくなれば公儀の隠密に目をつけられるかもしれぬ。それこそ、御前崎藩存亡の危機」

ため息混じりに言い、鴨沼は九郎兵衛の前から立ち去った。鹿之助の死は鴨沼にとってよほど大きかったようだ。

踵を返すと、半蔵が立っているのが見えた。

鴨沼と話しているところをずっと見ていたようだ。

九郎兵衛は半蔵に近づいた。

「ご家老と何を？」

半蔵がきいた。

「国許の筆頭家老が殺されたそうだな」

九郎兵衛は言った。

「そのようですね」

半蔵は表情を曇らせた。

「そなたは筆頭家老に目をかけられていたのだ。胸が痛むだろう」

「拙者が国許にいるときだったら守ってやれたのに」

半蔵は悔しそうに言う。

「誰の仕業だと思うのだ？」

「南川だ」

「南川が？」

「松永殿を襲撃したあと、南川は御前崎藩に向かったのだ。ご城下で、南川らしき男が目撃されていたそうだ」

「なぜ、南川が？」

「それより、今朝、奥方付きの女中が姿を晦ました。直継さまの世話で半年前から奥方付の女中として奉公していた」

「なぜ、姿を晦ましたのだ？」

「南川とときたまこっそり会っていたことがわかった。そこで、内々に調べていたのです。何か感づいて逃げたのかもしれません」

　半蔵の目が鋭く光った。

「おそらく、木挽町の屋敷に逃げ込んだのではないかと思います。そこで、松永さまにお願いがあるのですが」

「なんだ？」

「直継さまに、その女中の引き渡しをお願いしてくれませんか」

「引き渡し？　どうする気だ？」

「南川との関係、そして上屋敷に乗り込んできたわけをききだしたいのです」

半蔵は厳しい顔で言う。

「しかし、俺はあの屋敷には鴨沼殿と鹿之助殿の供で行っただけだからな」

「松永さまなら入っていけるはずです。その女中にきけば、兄を殺したのが南川かどうかはっきりするでしょうから」

「よし、それならやってみよう」

「お願いします。女中の名はお島」

「わかった」

九郎兵衛は請け合った。


夕方になって、九郎兵衛は半蔵と共に直継の屋敷に行った。

門の外に半蔵を待たせ、九郎兵衛は単身で直継の屋敷に入った。

四半刻（約三十分）ほど待たされて、九郎兵衛は直継と向かい合った。

「六角鹿之助殿が死んだそうだな」

直継がうれいがちに言う。

「南川五十六の仕業ではないかという者もおります」

「いや、南川ではない」

直継ははっきり言う。

「なぜ、そう言い切れるのですか」

「……」

「ひょっとして、上屋敷の奥女中のお島から……」

「お島のことを知っているのか」

直継がきいた。

「はい。上屋敷のほうでお島を差し出すようにと。その前に、お島に会わせていただけませんか」

「どうするのだ?」

「まず、話を聞いてみたいのです」

「わかった」

直継は手を叩いた。

襖を開けた若侍に、

「お島を庭に」

と、命じた。

しばらくして直継は立ち上がった。

そして、障子を開けた。

庭先に、女が俯(うつむ)いて立っていた。

九郎兵衛は縁側に出た。

「お島か」

「はい」

女は顔を上げた。

「あっ……」

九郎兵衛は思わず声を漏らす。

お島も九郎兵衛を見て、唖然となった。

「お紺(こん)か」

庭に駆け降り、九郎兵衛は小さな声で言う。

「兄上。どうして……」

十何年も前、故郷の丸亀で生き別れたままであった。

「お島というのは、お前なのか」

九郎兵衛は迫った。

「はい、でも……」

何がどうなっているかわからないが、妹を危険にさらすことはできない。

「とりあえず、ここを出るのだ」

九郎兵衛は言った。

「今夜、どこかで会いたい」

「では、五つ（午後八時）に芝の神明宮ではいかがでしょうか」

「芝の神明宮だな。よし、誰にも気づかれぬように出てこい」

「わかりました」

九郎兵衛はお島を勝手に下がらせた。

直継のところに戻り、

「上屋敷のほうにはいなかったと告げておきます」

と言い、何か言いたそうな直継を残して、九郎兵衛は木挽町の屋敷を後にした。

四

その夜、芝の神明宮にやって来た。すぐ近くには増上寺(ぞうじょうじ)があり、参詣客は多い。神明宮の参道には茶屋や楊弓場(ようきゅうば)、見世物小屋などが並び、裏手には岡場所もある。九郎兵衛が社殿の近くで待っていると、小走りでお紺がやって来た。

「またお会いできるとは思ってもいませんでした」

目には涙を浮かべ、声は震えていた。

「俺もだ」

九郎兵衛の胸は詰まっていた。

「ここは人目につく。裏にまわろう」

ふたりは神明宮の裏手に行った。木立の向こうには増上寺の子院が軒を連ねている。

「ここなら誰も来ないだろう」

九郎兵衛は呟き、何から問いかけようかと思っていると、

「でも、どうして直継さまのところに？」

と、お紺が先に不安そうな表情のままきいた。

「仕事だ。だが、俺は直継殿の味方ではない」

「では、直政さまの？」

「違う」

九郎兵衛は首を横に振った。

「では、どなたからの命令なのですか」

お紺が迫るようにきく。

「どうせ、お前の知らぬことだ。いや、知らぬほうがよいと思う」

「そうですか……」

「それより、お前はどうしてあそこに？」

「それは……」

お紺は言いよどんだ。

「南川五十六との繋がりは？」

九郎兵衛はさらにきいた。

「南川さまもご存じなので？」

お紺は驚いていた。

「一度、襲われた」

「えっ？」

「もっとも、南川はわざと襲撃に失敗してみせたようだが」

「そうですか」

「それより、上屋敷には何かの狙いでもぐり込んでいたのだな」

「はい」

お紺は認めた。

「南川に指示されたのか」

「違います」

「では、どうして」

「ある人に命じられて」

「誰だ？」

九郎兵衛はきき返す。

「兄上が知らなくてもいいような人です」

お紺は小さな声で言った。

ふと、鯰屋権太夫の顔が脳裏を過った。

「ひょっとして」

九郎兵衛はきいた。

「鯰屋権太夫ではないだろうな」

「……」

お紺は口をわずかに開けたまま、固まった。

「やはり、そうか」

九郎兵衛は鋭い声で、

「なぜ、権太夫に？」

と、きいた。

「どこから話せばよいのか……」

お紺は頭を巡らせていた。

思い詰めた目が父に似ていた。ちょうど、あのとき、父もこのような目をしていた。自分が気づいてやることができれば、今頃は違う人生を歩むことができたのだろうか。

「半年前に、権太夫さまから御前崎藩の上屋敷に奥女中として入ってくれと頼まれました」

「何かを探るように言われたのか」

「いえ、ふつうに奉公し、その上で知り得たことを南川さまに伝えろと」

「探索の命は受けていないんだな」

「はい」

「これまでに、南川にどんなことを話した?」

九郎兵衛はきいた。

「どんなことといっても、たいしたことは……」

「何でもいい。南川に話したことを思い出してくれ」

「はい」

お紺は頷く。

(南川がいながら、どうして自分まで御前崎藩に遣わしたのだ)

そもそも、南川五十六は何者なのか。

噂の通り、幕府の隠密であるならば、権太夫の言うことなど聞くはずがない。

それに、あのときわざと下手な剣術で襲ってきたのは、何を意味しているのだろう。

襲ってきたのではなく、伝えたいことがあったのか。

自分の存在を知らしめて、その裏にある何かを伝えたかったのか。

「いや、その前に南川の居場所を知っているか」

「はい、この近くに。浜松町です」

「浜松町？　それでここを指定したのか」

「はい」

「とにかく、南川のところへ」

九郎兵衛は促した。

ふたりは浜松町に向かった。

木立の中に入った。ここを抜けたところに庵(いおり)があり、南川が隠れているという。

ばさばさと鳥が飛び立った。

風が強くなったのか、木の葉が揺れて音を立てた。

九郎兵衛は辺りの気配を窺った。

「兄上、何か」

お紺は不安そうな顔で見る。

「人の気配がする」

「兄上、行きましょう」

「お紺」

九郎兵衛は低い声で呼びかけ、

「動くなよ」

と、言う。

「どういうことですか？」

お紺の声と共に、木の陰からひとりが飛び出した。

反対側からもひとり。

ふたりは覆面をし、抜き身を下げていた。

ふたりは挟み打ちをするように左右からじりじりと無言で迫って来た。九郎兵衛の腕を知っているのか、すぐには斬りかかってこない。

「何者だ。俺を松永九郎兵衛と知ってのことか」

九郎兵衛は刀を抜く。

「……」

答えがないのは、百も承知である。

ふと、もうひとりいる気配がした。暗闇に潜んでいるようだ。目の前のふたりと対峙している間に、お紺が襲われるかもしれない。

お紺を守るためには、こちらからは攻め込めない。

「かかって来ぬか」

九郎兵衛は挑発した。

ふたりの動きが止まった。やはり、九郎兵衛を誘い出し、お紺から引き離そうとしている。

「お紺。いいか、右手の賊の刀を払いのける。右手に向かって走れ」

「はい」

九郎兵衛は右手の賊に斬り込んでいった。相手も上段から斬りかかってきた。九郎兵衛は相手の刀を弾き、お紺を背後にかばいながら脇をすり抜けた。

しかし、いつの間にか、もうひとりの賊が先回りをしていて、前方に立ちふさがった。九郎兵衛の動きを読んでいたようだ。

背後から、ふたりの賊が追ってきた。

「おぬし、上屋敷で対峙した男だな。六角鹿之助を斬った……」

男は無言で斬りつけてきた。鋭い攻撃だ。弾き返しても、矢継ぎ早に襲ってくる。九郎兵衛は防戦一方になった。

そのとき、背後でお紺の悲鳴が上がった。ふたりの賊がお紺に切っ先を向けていた。

「刀を捨てろ。さもないと女の喉を突き刺す」

賊が叫んだ。

「兄上、私に構わず」

お紺は叫ぶ。

九郎兵衛は身動きがとれなかった。

「さあ。捨てろ」

前方の敵が相変わらず無言で迫ってきた。

そのとき、つぶてが風を切って飛んできた。お紺に切っ先を向けていた賊が、あっと声を上げた。

九郎兵衛はお紺のほうに走った。ふたりは慌てて九郎兵衛に向かってくる。だが、愛刀三日月をふたりに浴びせた。ひとりの左腕を斬り、もうひとりにもかすり傷を負わせた。

「退け」

もうひとりの賊が叫んだ。

三人は素早く闇の中に消えた。

「お紺、だいじょうぶか」

「はい」

「今、助けてくれたのは誰か」

九郎兵衛は辺りを見回した。しかし、すでに気配はなかった。

南川か。南川なら姿を消す必要はない。

ふと、旧友を思い出した。

神田小僧巳之助である。あいつはもう死んだと言われている。大川に飛び込んで、自ら命を絶ったと。

しかし、まさかあの巳之助がそんなことをするはずがない。何かの間違いだ。ずっと思い続けてきたことだ。

そして、半年ほど前、九郎兵衛が鯰屋権太夫の命で、沼津藩の剣術指南役をしていたときにも、襲ってきた敵から誰かが守ってくれた。

誰なのかわからなかったが、そのときにも巳之助を思い浮かべた。

やはり、あいつなのか。

そうだとしたら、どうして出てきてくれない。

もどかしい。

そんなことを思っていると、

「兄上」

お紺が声をかけた。

「今の賊は私たちのあとを尾けてきたのでしょうか」

「いや、尾けられている気配はなかった。もしや」

九郎兵衛ははっとした。

「南川のところに」

九郎兵衛はお紺を急かした。


庵のような家は闇の中にひっそりと立っていた。

戸は開けっ放しだ。

土間に足を踏み入れた瞬間、九郎兵衛はあっと叫んだ。血の臭いがした。

九郎兵衛は部屋に駆け上がった。襖が倒れている。部屋の中に激しく闘ったあとがあり、壁際に誰かが倒れていた。

お紺が行灯に灯をいれた。仄かな明かりが辺りを照らす。倒れている男に明かりを向け、お紺が悲鳴を上げた。

「南川か」

九郎兵衛も唸った。

「はい。どうして……」

「さっきの連中だ」

九郎兵衛は吐き捨てた。

「お紺。行くぞ」

「えっ」

「ここを立ち去るのだ」

「南川さまの亡骸をこのままにしては」

「あとは奉行所に任せるのだ」

「でも」

「やっかいなことに巻き込まれる。この庵にそなたの物はあるか。あれば、持ちだすのだ。なにをぐずぐずしておる」

九郎兵衛は叱った。

「はい……」

お紺は返事をしてから、

「兄上に叱られるのが懐かしい」

と、どこか温かい声になった。

子どもの頃、わんぱくだった妹をよく叱っていた。周囲からはあそこの兄は妹のことを心配しすぎだと言われていたが、九郎兵衛は気にしなかった。妹もそんな兄のことを嫌とは思わなかったらしく、むしろ慕ってくれていた。

「こんな日がまた来るなんて夢みたい……」

お紺が鼻を微かにすすりながら言った。

「さあ、行くぞ」

心を残しながら、九郎兵衛はお紺を引っ張るように庵を出た。

浜松町からだいぶ離れて、

「兄上、どこに？」

と、お紺がきく。

「当てはない」

九郎兵衛は言い、

「思いつくのは鯰屋だが、あの男も今ひとつ気に食わぬ」

と、吐き捨てた。

だが、最後に頼るのは鯰屋しかない。

「その前に、お紺の話を聞きたい。『鯰屋』に行くのはそれからだ」

「わかりました」

ふたりは芝口橋を渡り、南伝馬町にある旅籠(はたご)に入った。

部屋の中で差し向かいになり、九郎兵衛は切り出した。

「もう一度、最初から聞かせてもらおう。まず、そなたは鯰屋に頼まれて御前崎藩の上屋敷に上がったのだな」

「そうです」

「何かを調べるようには命じられてはいなかった？」

「はい。ただ、南川五十六さまから何かきかれたら見聞きしたことを伝えるようにと」

「うむ。で、そなたが南川に伝えたことだが、その前に南川は何者なのだ？　公儀の隠密とも思えぬが」

九郎兵衛はきいた。

「鯰屋権太夫から指示されて、御前崎藩に入ったのか」

「いえ、違います」

「違う？　では、幕府の隠密か」

「いえ、それも違います」

お紺は否定してから、

「南川さまは十年前の藤木村でのことを調べていました」

「藤木村？　村人三十人が藩の侍に殺されたという事件だな」

「ご存じですか」

「知っている」

「では、兄上もそのことを調べるために？」

「いや、俺もそなたと同様、ただ家老の鴨沼殿に取り入り、上屋敷にもぐり込むことしか命じられていない。ただ、自然とそういう話は耳に入ってきた」

「そうですか」

「なぜ、南川は藤木村のことを調べていたのだ？」

「南川さまの母親は藤木村の百姓の娘だったそうです。あの事件で、母親のお父さまとお兄さまが殺されたそうです。あの虐殺の発端は年貢取り立ての役人が村人に殺されたことだそうですが、村人はそんなことはしていないと、何度も藩に訴えていたそうです。でも埒が明かず、南川さまが真相を摑むために……」

「そこに鯰屋はどう絡んでいるのだ？」

「鯰屋に頼んで仕官を」

「鯰屋は南川の真の狙いを知っていて送り込んだのか」

「そうです。それが三年前。ところが、半年前に、鯰屋は私を奥女中として送り込みました」

「で、そなたが見聞きしたことで、南川に伝えたことはなんだ？」

「今川屋吉富が十分に取り立て、藩政に参加させろと」

「奥のほうでもそんな話題が出ていたのか」

「はい。奥方さまも憤慨していました。一介の商人が身の程知らずだと」

「南川の目的は何だ」

「虐殺に関係した者への復讐だと思います」

「筆頭家老の大野を殺したのは南川だな」

「はい」

「六角鹿之助を斬ったのも南川だという話があるが」

「違います。鹿之助さまが殺されたときには御前崎藩の国許から帰っていましたが、鹿之助さまを殺してはいません」

「確かに、南川に鴨沼派の鹿之助殿を殺す理由はない」

「はい。南川さまが殺そうとしているのは虐殺に関わったひとたちです」

「すると、筆頭家老の大野以外だと、実際に手を下した半蔵……」

半蔵は南川の目的がわかったとしたら……。

「そなたは、なぜ、半蔵に目をつけられたのだ」

「ときどき、奥方さまの用事と偽り、上屋敷を抜け出していたのをあやしまれたのだと思います」

「南川の隠れ家に行っていたのか」

「はい。南川さまは志半ばで……」

復讐をなし遂げられなかった南川に、お紺は同情を寄せた。

「藤木村では毎年虐殺があった日は供養と共に復讐の祈願をしてきたそうです」

「そうか」

九郎兵衛は厳しい顔で頷いたあと、

「最後に肝心なことをききたい。そなたはなぜ、鯰屋と関わりを？」

と、確かめた。

「兄上がいなくなってから、私たちは周囲の冷たい目にさらされ」

お紺が語りだした。

お紺は九郎兵衛が丸亀藩を出奔してから、その親族ということで理不尽な思いをしてきた。とうとう耐えきれず、兄のいる江戸に出ることを決めた。しかし、江戸に知り合いがいるわけでもなく、ひとまずは江戸にも分店を出している『丸亀屋』という酒屋の口利きで、日本橋蛎殻町（かきがらちょう）の料理茶屋の女中として働くことになった。しかし、そこの料理茶屋の旦那に言い寄られ、困っているところをたまたま客として来ていた鯰屋権太夫に救われたという。

「すべて俺のせいだな……」

九郎兵衛は自らを省みて、辛い気持ちになった。

「そんなことありません。どんなことがあろうとも、兄上にお会いできたのですから、紺はよかったと思っています」

お紺の目には力強い光が輝いていた。

「しかし、お前はもう帰る場所がないな。明日、一緒に鯰屋に会いに行こう」

「はい」

「昼近くに迎えにくる」

九郎兵衛は立ち上がった。

五

翌朝、九郎兵衛は家老屋敷の鴨沼を訪ねた。

御殿に出仕する前に、九郎兵衛は鴨沼と差し向かいになった。

「何かあったのか」

鴨沼がきいた。

「昨夜、南川五十六が殺されました」

九郎兵衛は切り出した。

「なに、南川が？」

鴨沼は目を見開いた。

「筆頭家老の大野殿を殺した仕返しでしょう」

「では、直政公の差し金と？」

「そうだと思います」

九郎兵衛は真顔になって、

「南川がなぜ大野を殺したと思われますか」

と、問いかけた。

「わからぬ。なぜだ？」

鴨沼が厳しい顔できく。

「南川の母親は藤木村の百姓の娘だったそうです」

「なに、藤木村の出か」

「あの事件で、母親の父と兄が殺されたそうです。年貢取り立ての役人が村人に殺されたことを藩は虐殺の理由にあげていますが、村人はそんな事実はなかったと。その真相を摑むために南川五十六は御前崎藩に仕官をしたということです」

「大野殿は年貢取り立ての役人が村人になぶり殺され、さらには歯向かってきたので応戦したと言っていた」

「しかし、六角半蔵は、村人の虐殺は鴨沼殿の父上が筆頭家老を罪に陥れるために捏造したと言っていました」

当時の江戸家老だった鴨沼の父親の陰謀だという。直継に藩主を継がせるために、直政を推していた筆頭家老を追い落とそうとしたと。

そして、江戸定府の鴨沼に代わり、鹿之助が村人を煽動して一揆を起こしたのだと。六角半蔵は兄鹿之助の命令に逆らえなかったということだった。

「江戸家老の父に御前崎藩領内の村の事情はわからぬ。そんな陰謀を企てることなどできるわけはない」

「そうでしょうな」

九郎兵衛は頷き、

「南川五十六も筆頭家老の大野が首謀者だとわかったから復讐をしたのでしょう」

「そうだ」

「ただ、わからないことがあります。村人は役人を殺していないと言っているのです」

「……」

「村人が嘘をついているのか、あるいは年貢の二重取りがあったのか。どうなのですか」

「わしにはわからぬ」

鴨沼は首を横に振る。

「でも、あの虐殺には秘密があった」

「うむ」

「今川屋吉富はその秘密を知っていたのでは？」

九郎兵衛は確かめる。

「今川屋吉富の言うことがどこまで正しいかわからぬ」

「秘密とはなんですか」

九郎兵衛は迫った。

「聞いていない」

「しかし、鴨沼殿は今川屋吉富を利用し、藤木村の虐殺の秘密を突き付けて筆頭家老の大野殿や直政公を追い落とそうと考えたのではありませんか」

「いや、あの男は直政公と手を組んだのだ。わしを殺そうとしたではないか。そなたが助けてくれなければ、わしは不意をつかれ殺られていただろう」

　鴨沼は複雑そうに顔を歪めた。

「俺は直政公からきいた。あれは、直政公が今川屋吉富を殺そうとして企んだことだそうだ」

「やはりな」

「気がついていたのか」

「今川屋吉富の要求は御前崎藩にとってとうてい受け入れられるものではないからな」

「しかし、鴨沼殿は一時的にしても今川屋吉富と手を組んで……」

「いや。わしは今川屋吉富の握っている秘密の中身を知りたかったのだ。屋根船の中で、何度も迫ったが打ち明けようとしなかった。だが、筆頭家老の大野が恐れる内容であることは間違いない」

「想像はつかないのですか」

「わからぬ。ただ、藤木村で何かがあったのだ。そのことを今川屋吉富は知っていた。なぜ、知っていたのか」

鴨沼は厳しい顔をし、

「あの男はもともと遠州のごろつきだ。匕首の扱いにもなれている。だから自らわしを殺そうとしたのだろう」

「そんな男に商人として御前崎藩の出入りを許したのが大野か。よほどの弱みを握られていたというわけか」

「そうだ」

「先代の藩主は直継さまを後継に考えていらっしゃったのですね」

「そうだ。だが、先代が急死したあと、大野は直政公を推した」

「なぜ、直政公ではだめだったのでしょう」

「……」

口を開きかけたが、言葉にならなかった。

九郎兵衛は答えを促した。

「何でしょうか」

「直政公は残虐なお方」

鴨沼は口にした。

「自身も武道をよくし、剣の使い手の南川五十六を仕官させたように剣客を好む。家臣と試合をして、相手を殺すことも厭わない。そんな姿を見て、先代は藩主の器ではないと考えたようだ」

「残虐？」

鴨沼は顔を歪め、

「藩主になった直政公は大野とつるんで藩政をやりたい放題。村々の年貢の取り立ても厳しい。このままではいけないと思ったのだ。今川屋吉富の無茶な要求があったことで、直政公の失脚を図ろうとしたが、うまくいかなかった」

直継を推す鴨沼と直政や筆頭家老大野との争いに、藤木村の虐殺の復讐のためという南川が絡んできて事を複雑にした。

「鴨沼殿はこれからどうするのですか」

「鹿之助がいなくなったのは痛い」

鴨沼は暗い顔で言う。

やはり、鹿之助の死は鴨沼にとって大きな打撃だったようだ。

「鹿之助殿を殺した者と南川を殺した者は同じです」

「……」

「やはり、直政公の指示と考えるべきでしょう」

九郎兵衛は言い切った。

「そうだとすると」

九郎兵衛ははっとした。

直政公の命令で動く者の筆頭は六角半蔵だ。

「六角兄弟の仲はどうなんだ？」

「特に仲がいいとは言えないが、敵対しているとは思えぬ」

「でも、半蔵が直政公から鹿之助殿を斬れと命じられたら？」

「うむ」

鴨沼は唸った。

「たとえ兄であっても殺ると？」

九郎兵衛はきいた。

「殺るだろう。そなたは半蔵の仕業と思うか」

鴨沼がきいた。

「俺は二度、賊と対峙した。しかし、以前に木刀ながら立ち合ったときの半蔵の剣捌き(さば)とは違った」

九郎兵衛は首を傾げ、

「体つきは半蔵に似ていたが、身のこなしが違う」

と、呟いた。

「そろそろ、出仕しなければならぬ」

鴨沼が口にした。

「では、俺はこれで」

九郎兵衛は立ち上がったあとで、

「直継さまはどうするのでしょう」

と、きいた。

「わからぬ」

鴨沼は悄然と答えた。

九郎兵衛は家老屋敷を出て、鹿之助の長屋に向かった。

鹿之助の弔いは終わり、鹿之助が使っていた部屋はきれいに片づけられていた。しばし感傷に浸ったあと、土間から出た。

自分の長屋に向かっていると、半蔵の部屋から侍がふたり出てきた。ひとりは左腕を曲げている。

ふたりは九郎兵衛のほうを一瞥(いちべつ)した。

その視線が気になり、九郎兵衛は侍を見返した。すると、自分の左腕に手をやった。

九郎兵衛ははっとした。

つかつかと九郎兵衛はその侍に近づいた。

「何か」

侍が厳しい顔できいた。

「失礼だが、左腕をどうかなさったか」

「なに？」

侍が顔つきを変えた。

「左腕をかばっているように思えましてな」

「無礼な」

侍は憤然とし、

「そなたに言われる筋合いはない」

と、吐き捨てた。

「なにをそのように怒るのだ？　俺はただ怪我をしているのではないかと心配してきいたのだ」

「いい加減なことを」

「ただ、心配してきいているのをなぜそんなにいきり立っているのだ」

「いきり立ってはいない。だしぬけにきいてきた無礼を咎めているのだ」

「なるほど。心配することは無礼なのか」

九郎兵衛は冷笑を浮かべ、

「どうも、昨夜浜松町で会った御仁かもしれないと思ったのでな」

そのとき、土間から半蔵が出てきた。

「松永殿。どうかなさったか」

「半蔵殿か。たいしたことではない。この御仁が左腕をかばっているようなので、どうかしたかときいたら、憤慨されてな」

「そんなことですか。左様、確かに、この者が左腕を負傷しているのは本当です。昨日、剣術の稽古で拙者の木刀が左腕に当たりました」

「なるほど。俺はまた浜松町で傷を負ったのかと思いました」

そう言い、九郎兵衛は半蔵たちと別れ、自分の長屋にいったん戻った。


それから、九郎兵衛は上屋敷を出て、浜松町に行った。

南川五十六が潜んでいた庵に、岡っ引きの姿が見えた。

九郎兵衛が庵の様子を見ていると、

「少しよろしいですか」

と、岡っ引きが近づいてきた。

「なんだ」

九郎兵衛はぶっきらぼうにきき返す。

「失礼ですが、どちらの藩で？」

「丸亀藩」

九郎兵衛は咄嗟にその言葉が出て、

「だしぬけに何であるか」

と、怒ったように言う。

「すみません。昨夜、ここで殺しがありまして」

「誰が殺されたのだ」

「南川さまという御前崎藩の方です」

「知らぬな」

「そうでしょうが、昨夜、この辺りで妙な者を見かけたり、不可解なことがなかったですか」

岡っ引きは鋭い目つきできく。

「昨夜はこの付近に来ていない」

九郎兵衛は短く答えた。

「そうですか。失礼しました」

「下手人の目星は？」

九郎兵衛はきいた。

「まだです」

「そうか」

「お止めして失礼しました」

岡っ引きはようやく離れた。

南伝馬町にある旅籠にお紺を迎えに行き、ふたりで芝神明町にある『鯰屋』に向かった。

あいにく、権太夫はいなかった。

番頭はお紺を知っており、匿ってくれることになり、九郎兵衛は『鯰屋』をあとにし、上屋敷に戻った。

第四章　藤木村の秘密

一

上屋敷に着いたが、門番に止められた。

「ここで、お待ちください」

「なに？」

九郎兵衛は耳を疑った。

「松永殿を入れてはならぬと命じられていますので」

門番の声が冷たかった。向けてくる目も厳しい。

「誰がそんなことを？」

九郎兵衛は強い口調になった。

「目付の小出さまです」

「目付だと？」

なぜ、目付が出てくるのだと不審に思い、

「じゃあ、その小出を呼んでこい」

と、九郎兵衛は睨み返した。

「今、呼びに行っています」

門番は少しひるんだ。

しばらくして、三十半ばぐらいの鋭い目付きの武士がやって来た。数人の侍を連れていた。

「目付の小出朔太郎だ」

侍が名乗り、

「藩内で異変が起きた。関わりたくないなら、立ち去られよ。もう二度と当屋敷に踏み込まぬよう」

と、脅すような声で言った。

「異変とは何だ？」

「先ほど、謀叛の疑いで鴨沼殿を捕らえた」

と、口にした。

「なに」

聞き間違えたのかと思った。

だが、もう一度、

「鴨沼殿を捕らえました」

と、小出が念を押すように言う。

「ばかな」

「鴨沼殿が捕らえられた訳は、松永殿もご存じであろう？」

小出はきく。

「知らぬ。第一、鴨沼殿が謀叛など……」

「松永殿は鴨沼殿の客分、本来なら事情をききたいところだが、そこまではいたさぬ。このまま引き返してもらおう」

「謀叛の疑いとは筆頭家老の大野殿が殺されたことか」

「そうだ。鴨沼殿が絡んでいる。それと、御側人の六角鹿之助殿を殺したことだ」

「それも鴨沼殿の仕業だと？」

九郎兵衛は呆れたように、

「何を見当違いなことを」

と、吐き捨てた。

「ともかく、俺を直政公に会わせろ。鴨沼殿の仕業ではないことを明かしてやる」

「鴨沼殿の客分なら鴨沼殿に有利な発言になろう。そなたの言い分は信憑性に欠ける」

「なんだと」

九郎兵衛が憤然となって、

「そうか。直政公はこの機に乗じて敵対している鴨沼殿を排除しようとしたのか」

と、問いただした。

「このまま引き上げて頂こう」

小出は落ち着いた口調で言う。

「鴨沼殿の客分なら謀叛に関わっているかもしれないと俺にも疑いがかかるはず。それなのに俺から事情をきこうとしないのは、俺が謀叛には関わっていないという証を握っているからではないか」

「藩の機密もあるからだ。本来なら松永殿も取り調べなければならないが、殿の命により、それはしないことになった。ありがたく思い、お引き取りを」

小出が強い眼差しで促す。

「断ると言ったら」

「謀叛に加担したとして」

小出が言うと、背後にいた侍たちが刀の柄に手をかけて前に出てきた。

「六角半蔵殿を呼んでもらおう」

「必要ない」

小出は突き放すように言った。

「鴨沼殿はどうなるのだ?」

「これからの出方次第」

「妻女殿は?」

「そなたが心配することではない」

これ以上、押し問答を続けても埒が明かない。

「わかった」

九郎兵衛は仕方なく、踵を返した。
少し離れてから振り返る。
半蔵らしき姿が、門の中に消えた。

九郎兵衛はその足で『鯰屋』へ行った。
誰かに尾けられている気もしたが、構わなかった。
芝神明町の『鯰屋』に着き、裏口から入った。
女中に連れられていつもの部屋に行く。権太夫は帰っているようだ。
部屋に権太夫がいた。
入るなり、
「鴨沼が謀叛の疑いで捕まった」
と、九郎兵衛は息せき切って言う。
「鴨沼さまが」
権太夫は少し戸惑っているようであったが、特に驚いた様子ではなかった。
「国許の筆頭家老大野を殺した疑いだ。南川五十六に命じて殺したと思っているのだろう」

九郎兵衛は口を歪める。

「南川殿も殺されたようですね」

権太夫が言う。

「お紺から聞いたのか」

「はい」

権太夫の瞳孔がやけに開いている。同時に、急に忙しなくこめかみを掻いた。

滅多に見ない狼狽する姿に、九郎兵衛は余計に嫌な気がした。

「こうなることは、予知できなかったのか」

九郎兵衛は訊ねる。

「南川は藤木村で虐殺された村人の復讐のために御前崎藩に乗り込んだということだ。お主はそのことを知っていたな」

「ええ」

権太夫は素直に頷いた。

「どうして、教えてくれなかったのだ？」

九郎兵衛は権太夫を責めるようにきいた。

「教えたらどうなります？」

権太夫は平然と言い返した。

「どうなるだと？」

「ええ、松永さまは南川殿のことを誰かに喋（しゃべ）ってしまわれたのでは？」

「……」

南川を初めて見たのは鴨沼に誘われて土蔵まで行ったときだった。

土蔵の鍵を持っていた武士が南川五十六だった。その後、南川に襲われて、そのことで鴨沼と話し合ったときに、正体を知っていたら口にしたかもしれない。

「松永さまに何の知識もなく、純然たる思いで動いてもらいたかったのです」

「承服できぬが、まあいい」

九郎兵衛はまた口を歪め、

「で、お主も藤木村の件でお紺や俺を御前崎藩に送り込んだのか？」

「お二方には、今御前崎藩で何が起きているかを、その目で見てもらいたかったのです。というのも、南川殿のこととは別に、今川屋吉富が藤木村の件で、御前崎藩を脅し、士分に取り立てるように要求してきたと、直政公から相談があったからです。南川殿の手助けをするためではありません」

「直政公に頼まれながら、どうして俺を反対派の鴨沼殿に近づかせたのだ？」

九郎兵衛は不思議そうにきく。

「今川屋吉富が両方に士分取り立ての話を持ち込んでいたからです。藤木村の虐殺は直政公や筆頭家老大野によるものだが、江戸家老の鴨沼さまは今川屋吉富を利用して直政公を藩主の座から引きずり落ろし、直継殿を後継にしようと画策をはじめていることがわかったからです」

「そなたは藩主の座を巡る争いに興味があるのか」

九郎兵衛は蔑むように言う。

「藤木村の虐殺の秘密が知りたかったのです」

「わかったのか」

「いいえ、わかりません」

「南川は摑んだのか」

九郎兵衛はきいた。

「御前崎藩は幕府へは、藩領内の藤木村の村人らが蜂起し、町方の米問屋などの襲撃を企んでいることが発覚し、御前崎藩は鎮圧隊を派遣し、抵抗した村人三十人近くを成敗したと報告しましたが、藩内で語られている事実は少し違います」

「年貢の二重取りだな」

九郎兵衛は鹿之助から聞いたことを思い出す。

「そうです。藤木村に年貢取り立ての役人が行くと、村人たちは既に役人が来て納めたと言い、役人が私腹を肥やすために年貢を二重取りしようとしているのではないかと言いがかりをつけてきた。怒った役人が刀を抜くと、村人の何人かが役人を鎌で殺してしまった。藩は鎮圧隊を派遣したが、興奮した村人は鍬や鎌を手に武装して迎えた。だから、成敗したと」

「その鎮圧隊を派遣したのが筆頭家老大野で、派遣されたのが六角半蔵とその手下」

九郎兵衛は付け加えて言い、

「で、今川屋吉富が握っているということの虐殺の秘密は何だ?」

と、きいた。

「わかりませんが、想像はつきます」

「何だ？」

「先代の藩主はなぜ、正室の子の直政公ではなく側室の子の直継さまを後継に考えていたと思いますか」

権太夫がきく。

「直政公の気性の荒さのせいだろう」

九郎兵衛は答える。

「そうです。あの虐殺は直政公が藩主を継いだあとに起こったことです」

「村人を殺すように命じたのは筆頭家老の大野ではなく、直政公ということか」

「もし、このことが事実なら先代が懸念していたことが起こってしまったということになります。これを当時の江戸家老、鴨沼さまの父親が知れば、直政公に対して激しく抗議をし、場合によっては老中へ訴えるかもしれない。それを察して、筆頭家老の一存でしたことに」

「今川屋吉富はそのことを知っていたと言うのか」

「そうでしょう」

「なぜ、今川屋吉富が知ることができたのだ？」

城内にいる直政が命令したなどわかるはずがない。

「血気にまかせて直政公は虐殺の現場にいたのかもしれません」

「なんと」

「武芸好きな直政公が、ひとが斬られるのを見て喜んでいたのも考えられる。いや、直政公も実際に刀を振るったかも。それをたまたま今川屋吉富が見ていた」

「なるほど」

九郎兵衛は頷き、

「今川屋吉富はそのことで筆頭家老と取引をし、『今川屋』を興して藩の庇護のもとに江戸に進出したのか」

「そうです」

「しかし、今川屋吉富も番頭の金次郎ももともとは遠州のごろつきだそうではないか。商売に素人（しろうと）のふたりが『今川屋』をよく続けられたな」

「二番番頭の平吉という男が店を取り仕切っているのです。平吉は商人だった男です。今川屋吉富と番頭の金次郎は遊んで暮らしていただけというういい身分です」

九郎兵衛は呟く。

権太夫は咳払いをしてから、

「松永さまがこれからどう動くのか考えておきますので、今夜は離れにでも泊まってください」

と、告げた。

「いや。まだききたいことがある」

九郎兵衛は訴え、

「金次郎はどうした？」

と、きいた。

「御前崎藩の国許に出かけたそうです」

「だいぶ日数が経っている」

「そうですな。もういないかもしれませんね」

権太夫はあっさり言う。

「殺されているのか」

「そうかもしれません」

「今川屋吉富の死体は火薬の爆発で身元もわからなくした。なぜ、吉富が死んだことを隠す必要があったのだ？」

九郎兵衛は疑問を口にした。

「殺されたのが吉富とわかったら、奉行所の探索が『今川屋』にも入る。その上に、金次郎が殺されたら、『今川屋』が徹底的に調べられ、やがて出入りの上屋敷にも探索の目が向くようになるかもしれませんからね」

権太夫は言ってから、

「あとは明日にしましょう」

と、強引に言った。

「お紺はどうしている？」

九郎兵衛は気になっていたことをきいた。

「お紺さんのことは心配いりません」

そう言い、権太夫は手元にあった呼び鈴を鳴らす。

すぐに、さっきの女中がやって来た。

「松永さまを離れに」

権太夫が言った。

「はい。どうぞ、こちらに」

女中は細い声で答えると、手のひらを上に向けた。

仕方なく立ち上がり、九郎兵衛は女中について行った。

いつもは何も思わない長い廊下の軋(きし)む音が、今日はやけに不気味にきこえてならなかった。

二

翌朝、目覚めが悪かった。

悪夢を見て、背中は汗でびっしょりであった。

頭痛がする。

九郎兵衛は枕元の水差しから水を湯呑(ゆのみ)に注ぎ、一気に飲んだ。続けてもう一杯飲む。

外から足音がすると、

「松永さま」

と、女中の声がした。

「入ってもよろしいでしょうか」

「ああ」

「失礼いたします」

襖を開けて、女中が入って来た。手の盆には朝餉が載っていた。

「旦那さまが食べ終わりましたら、部屋まで来てほしいと」

「わかった」

九郎兵衛は急いで食事を済ませた。

権太夫の部屋に行くと、厳しい顔で待っていた。

「昨夜、あのあと直政公に会ってきました」

権太夫が口にした。

「なに、上屋敷まで行ったのか」

「はい」

「鴨沼殿には会えたか」

九郎兵衛はきいた。

「いえ、会わせてもらえませんでした。入れ知恵されると思ったのでしょう」

権太夫は言葉の途中で茶を飲む。

湯吞を置くと、続けた。

「直政公は、やはり鴨沼さまが南川五十六を使って国許の筆頭家老を殺し、さらに江戸に戻ってきた南川に御側人の六角鹿之助をも殺させた。明らかに謀叛であると」

「ばかな」

九郎兵衛は吐き捨て、

「南川五十六は藤木村の村人の虐殺を命じた大野に復讐をしたと言ったのか」

と、権太夫に迫った。

「いえ」

「なに、言わなかったのか」

九郎兵衛は啞然とした。

「鴨沼殿を助けに行ったのではないのか」

「違います。事実がどうなっているのか確かめに行っただけです」

権太夫は平然と言い、

「それに、私が南川殿の真の目的を話したところで無駄です。直政公は南川殿と鴨沼さまがつながっていないのは百も承知。六角鹿之助が鴨沼さま寄りであることもわかっていて、謀叛に仕立てたのですから」

「きたねえ。次席家老や用人、年寄らの重役連中に本当のことを伝えるしか……」

「無駄です」

権太夫は冷たく言う。

「誰も南川殿の真の目的は知りません」

「……」

「鹿之助殿のことも直政公はこう言ってました。鴨沼さまの心底を探るために鹿之助を近付けさせた。そのことが鴨沼さまにわかって殺されたのだと」

「なんというお方だ。直政公は……」

九郎兵衛は愕然とした。

「私が気になったのは、直政公はどこまでやるかです」

「どこまで？」

九郎兵衛ははっとして、

「鴨沼殿を切腹させるということか」

と、きいた。

「それは当然でしょう。謀叛を起こしたのですから」

「鴨沼殿が切腹……」

「私が気になったのは、直継さままで累が及ぶかです。謀叛人として裁くのか」

「どうなのだ？」

九郎兵衛も気になった。

「わかりませんが、鴨沼さまが謀叛を起こしたのは直政公を排し、直継さまを立てるためです。だとしたら、直継さまも同罪……」

「鴨沼殿の妻子は？」

九郎兵衛は胸を痛めてきいた。鴨沼の妻子とは会ったことはないが、家老屋敷で見かけたことはあった。

「今後の取り調べ次第だと思います。鴨沼さまがあくまでも謀叛を否認するならば、家族も連座で処罰するでしょう。ただし、罪を認め、腹を斬れば、妻子の命は助ける。そういう駆け引きがあるのではないでしょうか」

「いずれにしろ、鴨沼殿の負けか」

九郎兵衛はため息をついた。

「そうです。直政公が南川さまの復讐をうまく利用して鴨沼さまを追い詰めたのです。直政公のほうが一枚上手だったということです」

「残虐な性格だけでなく、知力も優れていたというわけか」

「いえ。私が思うに誰かが入れ知恵をしていると思います」

「なに、入れ知恵？　智恵者がついているというのか。筆頭家老の大野ではなく？」

「ええ、常に殿と共に行動している男」

「誰だ？」

「剣の腕も立ち、才知に優れた男」

「……」

「こういう言い方のほうがおわかりになりましょう。狡知(こうち)に長けた男」

「うむ」

九郎兵衛のこめかみがぴくりと動く。

「六角半蔵か」

「そうです。あの男が軍師として直政公を動かしているのです。直政公は剣の腕に長けた者がお気に入り。その上、智恵もある」

権太夫は半蔵を評した。

そうか。やはり、あの賊は半蔵だったか。鹿之助が殺されたときと南川が殺されたときに対峙した賊の太刀筋は、以前に木刀で立ち合ったときの半蔵とは違っていた。

あの男は後々のことを考え、わざと違う太刀筋を見せるために立ち合いを望んだのだ。「鹿之助と南川を殺したのは半蔵だ」

九郎兵衛は眦（まなじり）を吊り上げ、

「俺に馴れ馴れしく近づいてきたのも計算の内だったのか」

と、怒りが込み上げてきた。

「半蔵こそ、藤木村で村人を殺害した張本人です。南川殿は筆頭家老の大野と半蔵を殺らねば意味がなかったのです」

「そうか。半蔵を殺らねば南川は目的を果たしたことにならない」

九郎兵衛は南川に同情するように言った。

「松永さま。いかがですか。南川殿の志を継いであげたら」

権太夫が鋭い目を向けた。

「それが、鴨沼さまの仇討ちにもなりましょう」

「半蔵を許せぬ」

「松永さまから半蔵におびき寄せるような文を宛てれば、必ず乗ってきましょう。どこぞの神社の裏がよろしいでしょう。私のほうで腕の立つ者を用意いたします」

「待て」

勝手に話を進める権太夫を制した。

「何でしょう」

権太夫は穏やかな表情でき返す。

「そんな姑息なことをする必要はない」

「なにしろ六角半蔵でございます」

「だから、なんだ」

「何十人も虐殺した者です。いくら百姓相手とはいえ、たったひとりで武器を持って向かってくる者を殺すことは……」

「相手はたかが百姓だ」

九郎兵衛はそう言ってから、

「今、思いついたのだが……」

と、首を傾げた。

「何ですか」

「年貢の取り立てをしようとしたら、すでに他の役人がやって来て取っていった。偽者だと騒ぎ、その役人を殺したということだったな」

九郎兵衛は確かめた。

「そうです」

「藩の侍も殺されていることになるな」

九郎兵衛は重たい声で呟き、

「殺された役人のことはあまり話に出てこないが。名前はわかっているのだろうか」

と、きいた。

「確かに、村人に殺された役人のことはあまり表に出ていませんね」

権太夫は心なしか前のめりになった。

「つまり？」

興味を持つような目をして促した。

「つまり、本当に村人は役人を殺したのだろうか。村人が言うように一方的に殺戮を繰り返したとしたら。虐殺に至った訳は他にあるのかもしれない」

「そうですな」

権太夫は考えるように、虚空を見つめる。

難しい顔をしたまま固まった。

それから、しばらく黙っていた。

「もしかしたら」

権太夫が呟いた。

「なんだ」

「吉富さんや金次郎さんのことも関わっているやもしれませんな」

権太夫はそう言ったあと、

「いえ、独り言です」

と、撤回した。

「それより、六角半蔵のことです。必ず松永さまを狙ってきます」

権太夫は、はっきりと言った。

「わかっている」

「相手も必死にございましょう。どんな手を使うかわかりません」

「だから何だ」

「ここは確実に勝てる手段を考えたほうが」

権太夫の口調は柔らかかったが、押しつけるように言う。

「気に入らん」

九郎兵衛は、むっとして言い返した。

「俺は半蔵ごときに殺られぬ」

「しかし」

「絶対に殺られぬ」

同じような押し問答が何度か繰り返された。

やがて、権太夫は大きくため息をつき、

「まあ、そこまで言うのでしたら、松永さまの好きなようにしてください」

と、見放すように言った。

「そのつもりだ」

九郎兵衛は頷いてから、

「それより、そなたの狙いは何なのだ？　直政を失脚させたいのか」

「何とも言えません」

権太夫は濁した。

「お前さんが御前崎藩に介入して何になる」

「私は介入なんぞ……」

「利益が出なければ動くまい。それが商人というものではないのか。特にお前さんのような得体の知れぬ権力を持っている者は」

九郎兵衛は当てつけのように言った。

しかし、権太夫は意に介すこともなく、

「私も困った者がいれば助けるという心は持ち合わせております」

と言ってから、

「また長話になってしまいました。ここらで」

権太夫は腰を上げようとした。

「あと」

九郎兵衛は呼び止めた。

まだあるのかというようなうんざりした顔を一瞬見せたが、権太夫は座り直した。

「お紺に会いたい」

「ここにはおりません」

「なんだと？　どこにいる？」

驚いてきき返す。

「ちゃんと、安全なところにおります」

「なぜ、他に移したのだ？」

「お紺も身の危険に晒(さら)されています。今回の件が終わるまでは他の場所で匿っております。じつは昨夜、直政公から女中のお島を匿っていないかと言われたのです」

「直政公が？」

「松永さまは尾けられたのでしょう」

「そんなはずはない。尾けられてなどいない。直政公が鎌をかけたのだ」

「そうかもしれませんが、用心に越したことはありませんので」

権太夫は真面目な顔で答え、

「これが終われば、ゆっくりお紺と会えることでしょう。それまで辛抱してください」

と、付け加えた。

「信用できぬ」

「私がですか」

「お紺を危険と承知で奥女中として使った。お前さんにしてみれば、お紺もただの駒にしか過ぎないのだろう。俺のように……」

九郎兵衛の声が自然と沈んだ。

「お紺のことをただの駒として使ってはおりません。私は危険の及ばない程度に、何かあれば南川さまに報告するように命じただけです」

「お前さんはお紺をこれからも利用しようとしているのか」

「人聞きの悪いことは止してください。とりあえず、松永さまには半蔵のことを頼みましたよ」

そう言い、権太夫は立ち上がり、襖を開けて、九郎兵衛に出て行くように目顔で言った。


それから半刻（約一時間）も経たない頃、九郎兵衛は『鯰屋』を出た。

木挽町にある直継の屋敷へ向かう。

芝神明町から木挽町までは、そう遠くない。

木挽町の屋敷に到着した。

門番は九郎兵衛を見るなり、

「今日はおひとりでございますか」

と、不思議そうな顔をした。

まだ鴨沼が捕まったことを知らないのか。

九郎兵衛は詳しいことは言わずに、直継に取り次ぐように求めた。

門番は詮索せずに、門を通してくれた。

それから、取次の者が出てきて、直継に会わせてくれた。

「鴨沼のことだな」

直継が切り出す。顔が強張(こわば)っている。

「企みが露見したのですか」

九郎兵衛が問いかけた。

「そうかもしれぬ。だが……」

直継が眉を顰(ひそ)める。

「南川のことですね」

九郎兵衛は確かめた。

「鴨沼があの者を使って筆頭家老を殺すなどあり得ない。兄上が仕組んだことだ」

直継は苦しげに息を吐いた。

「仰るように直政公の策略です」

「……」

直継は顔を歪めた。

「この後、どうなさいますか」

「もはや、何もできぬ」

「場合によっては、直継さまも？」

「兄上はわしまでとらえようとするか」

「わかりません」

「鯰屋権太夫に仲介を頼もうと思うが」

そこまで言うと、直継の眉がぴくりと動いた。

「松永殿は権太夫に何をするように頼まれたのだ」

「鴨沼殿を助けることです。今川屋吉富が手を出すかもしれないからと」

「しかし、吉富を葬った後も客将として仕えていた」

「目的はわからないままでした」

「すべて権太夫からの指示だというのだな」

「はい」

九郎兵衛は頷く。

「なぜ、権太夫の言うことをきく。金か」

直継は続ける。

「人を殺めたり、藩に忍び込むようなことをするほど、権太夫はそなたに相当な金を渡しているのか」

「俺はいくら金を積まれても、何の罪もない者は斬りません。それは権太夫も承知です」

「それで、鹿之助が兄上を殺すように命じたときも断ったのか」

直継が納得したように頷き、

「しかし、こういう状況になった今、改めて殺すように頼まれたら？」

と、重たい声で言った。

「直政公をですか」

九郎兵衛はきき返す。

「受けることもあると？」

直継がきく。

「場合によっては」

九郎兵衛はそう答えるに留めた。

それから、直継から権太夫宛の文を託された。

三

夜になった。辺りは静かであった。犬の遠吠えがどこからともなく聞こえる。

九郎兵衛は『鯰屋』の奥の部屋でしばらく待たされていた。

日に二度も『鯰屋』に来ることなどなかった。

もっとも、今日も『鯰屋』に泊まってもいいと権太夫は言っていたが、九郎兵衛にはそのつもりはない。

やがて、権太夫は忙しそうに、部屋に入って来た。

「お待たせいたしました」

ほのかに酒のにおいがする。

「これを」

九郎兵衛は直継から預かった文を渡した。

「何ですか」

権太夫が不思議そうに受け取る。

「直継さまからだ」

「直継さま？」

文を開きながら、

「松永さまは御覧になりましたか」

と、きいてきた。

「見るわけなかろう」

「では、中に書かれている内容は？」

「知らぬ」

首を横に振った。

権太夫はどこか見極めるような目で九郎兵衛を見てから文に目を落とした。

読み終えて、権太夫が不敵に笑う。

「何が書いてあった？」

「鴨沼さまを助けてくれとの文でした」

「それだけか」

「いえ」

「後は？」

「知りたいですかな」

「もったいぶるな」

九郎兵衛は苛立つ。

「直政公を斬れと」

「やはり、そうか」

九郎兵衛は顔をしかめ、

「それで、どうするのだ。引き受けるのか」

と、きいた。

「松永さまはどう思われます？」

権太夫がきいた。

「俺はもう関わらん。あとは半蔵を殺るだけだ。半蔵を殺り、鹿之助と南川の仇をとる。それが藤木村で虐殺された村人の仇を討つことにもなるからな」

九郎兵衛は言い捨てる。

「だとしたら、直政公も村人の仇として討つ必要があるのでは？」

「直政公が虐殺に関わっていると言っているのはお主だけだ。その根拠は凶暴な気性ということだ。証にならぬ」

「そうですか」

権太夫は再び不敵に微笑(ほほえ)んだ。

「他の誰かに殺らせるのか」

九郎兵衛は権太夫を睨む。

「さあ」

権太夫は大きく息を吸った。

「俺は引き上げる」

九郎兵衛は立ち上がった。

「どこへ？　ここにお泊まりくださっても」

「ここは落ち着かぬ」

「さようで」

権太夫はすました顔で軽く頭を下げた。

『鯰屋』を出た九郎兵衛はゆっくりとした足取りで歩き始めた。

神社など人気のないところばかりをあてもなく歩く。かなたに築地本願寺の大屋根が見える。

武家地を抜けて、大川端に出た。やがて、どこからか人の気配を感じた。

九郎兵衛は気が付かない振りをして、東に向かって歩き続けた。

（やっと来たか）

半蔵を誘き出そうとして、最近は人気のない場所をわざと選んで歩いている。来るなら、さっさと来い。早いところ片づけたい。

九郎兵衛は心の構えをした。

しかし、いくら経っても襲ってこなかった。

だが、気配は残る。

霊岸島から日本橋小網町に出て、浜町堀を経て柳原通りに出た。さらに、神田川を越えて、下谷に入った。

一刻（約二時間）以上は歩いただろうか。

やがて、不忍池が見えてきた。

この辺りなら、茂みもあるし、襲うには絶好の場所。

だが、不忍池の横を通り、根津権現の前まで来ても何もない。

依然として、何者かに尾けられている。

今日は様子を見ているだけだろうか。

九郎兵衛は諦めて、千駄木の小さな古びた宿屋に入った。


翌朝。九郎兵衛は部屋を出て、宿屋の亭主のもとへ向かった。

「いつまで泊まるかわからない」

そう伝えると、

「私どもはいくら泊まって頂いても構いません。ただ、あまり長くなるようでしたら、お先にお代を頂戴しておきたいところなのですが……」

亭主は申し訳なさそうに言う。

「当然だ」

九郎兵衛は懐から二両を取り出して渡した。

「また足りなくなったら申せ」

九郎兵衛は言い、宿屋を出た。

それから、『今川屋』へ行った。相変わらずの繁盛ぶりであった。

九郎兵衛は土間に入ってから少し待たされた。

やがて、二番番頭の平吉がやって来る。

「松永さま」

平吉は丁寧に頭を下げた。

「御前崎藩での出来事はお前さんも聞いているか」

「ええ。いきなりのことで困ったことになりまして……」

「俺とて同じだ」

九郎兵衛は頷く。

平吉は探るような目で見てくる。

「鴨沼殿が捕まったお陰で、俺もあの藩の客将ではなくなった」

「本当に鴨沼さまが謀叛を企んでいたのですか」

「違う」

九郎兵衛は否定した。

「やはり、嵌められたのですね」

平吉は周囲を気にするように言った。それから、込み入った話があるということで、九郎兵衛は客間に通された。

「先ほど、『今川屋』を御用商人から外すとの通達を受けました」

「なんだと？」

「急なことで手前どもも大変困っております」

「鴨沼殿が捕まったことが関係しているのか」

「そこがわからないのです」

平吉は首を小さく振ってから、

「鴨沼さまはどちらかといえば、『今川屋』をあまり好く思っていないようでした。それが、鴨沼さまが捕まった直後に、そんなことが起ころうとは……」

と、頭を悩ました。

しかし、九郎兵衛の顔を見るなり、

「だからといって、私が鴨沼さまを何か悪く思っているようなことはありませんでしたし、御前崎藩の方々にも今まで好くして頂いた御恩がありますから、恨むようなことはありません」

と、取り繕った。

「鴨沼殿が捕まる云々よりも、旦那と番頭の行方がわからなくなっているだろう」

「むしろ、そのことでしょう。元々、旦那と金次郎さんが御用商人の仕事を取り付けてきました。このふたりがいなければ、御前崎藩としても『今川屋』を贔屓(ひいき)にする必要がないと考えたのかもしれませんね」

平吉は大きくため息をついた。眉間に深い皺(しわ)が寄り、急にひとまわり以上老けて見える。

「ふたりの行方はまだわからないのだな」

九郎兵衛は答えがわかっていながら確かめた。

「まったくわかりません」

平吉が首を横に振る。

「心当たりは？」

「ありませんが」

「何か意味ありげだな」

「いえ、何でもございません」

平吉は首を横に振る。

しかし、ふとした平吉の何か隠しているような表情を九郎兵衛は目ざとく見つけた。

「もうふたりは帰ってこない。隠さないで言ってみろ」

九郎兵衛は凄みを利かせながらも、やんわりときいた。

「心当たりというほどではありません」

「いいから」

九郎兵衛が促す。

平吉は腕を組み、まだ戸惑っていた。

「もしかしたら、俺の思っていることと同じかもしれぬ」

九郎兵衛は低く、重たい声で囁いた。

「えっ」

平吉はぎょっと目を剝く。

「おそらく、吉富は殺されたのだ」

九郎兵衛は、さらっと告げた。

自分の仕業であるにもかかわらず、その実感がまったくない。吉富を殺したときの感触も手には残っていない。思い出そうにも、すでに消えていた。

「松永さまもそう思いますか」

平吉は呟く。

それから、さっきまで悩んでいたのが嘘のように、

「実は私もそう思っておりました。殺したのは、おそらく御前崎藩の方でしょう」

と、はっきりと言った。

目には強い憤りを感じる。

それから、続けた。

「旦那がいなくなった日、鴨沼さまと会うとのことでしたが、その数日前に藩主の直政さまと会っております。ここのところ、かなり多く会っているようでした」

「何の目的で会っていたのだ」

「藩政に加わらせてくれとの打診です。以前からもしていましたが、御前崎の殿さ

まは難色を示していました」

「御用商人にまで取り立てた仲なのに、嫌っていたのか」

「嫌っていたというより、恐れていたのだと思います」

「何を恐れる？」

「旦那は、自分が権力を握ることを恐れているのだと言っていましたが、私はそうではないと」

平吉がひと息をおいてから、

「これは私の勘でしかありませんが、旦那は何か御前崎藩の秘密を握っていたのではないでしょうか。その秘密というのが何なのかはわかりませんが、金次郎さんも知っていたのだと思います」

と、言う。

「その秘密というのを、そなたも本当は知っているのだろう」

九郎兵衛は問い詰めた。

「いえ、私は……」

平吉は慌てて首を横に振る。

「知っているはずだ」

「わかりません」

「責めるようなことはしない」

「本当でございます」

平吉は言い張り、

「旦那も金次郎さんも、私には秘密の中身をまったく教えてくれませんでした」

と、言い訳がましく付け加えた。

九郎兵衛はそれ以上きくことはせず、

「まあいい。ところで吉富と金次郎は御前崎藩と交わした約定書のようなものを持っていなかったか。または、秘密の中身を書き記した文などだ」

「持っていました」

「それはどこにある？」

「ありません」

「ないと言い切れるのか」

「はい、じつは金次郎さんがいなくなったあと、御前崎藩の六角半蔵さまが訪ねてきて、旦那と金次郎さんの部屋を探し回っていました」

「半蔵が持ち去った？」

「しかとはわかりませんが、そうではないかと」

平吉は無念そうに顔を歪め、

「旦那が変な色気を出さなければ、御前崎藩の御用商人としてうまくやっていけたのにと残念でなりません」

と、呟くように言った。

九郎兵衛は『今川屋』を去った。


夕方に、千駄木の宿屋に帰った。

亭主が丁寧に出迎えてから、

「先ほど松永さまの妹と名乗るお紺さんという方がいらっしゃいました」

と、口にした。

「なに、お紺が？」

「はい」

「それで、どうした」

「松永さまの許可を得てからでないと上げるわけにもいきませんので、その旨をお伝えすると、また来ると帰って行きました」

「いつ来たのだ」

「四半刻（約三十分）も経たないうちでしょうか」

亭主が答える。

それならば、まだそう遠くへは行っていないはずだ。ましてや、女の足である。

「どっちのほうへ行ったのだ」

「不忍池のほうです」

「そうか」

九郎兵衛はすぐに宿屋を出た。

それから、小走りに不忍池のほうへ足を進めた。

だが、お紺がどうして自分がここにいることを知っているのか。権太夫にも報せていない。

（いや、あの者であれば、後を尾けさせているかもしれない）

今まで、誰かに尾けられている気配がしていたのは、てっきり御前崎藩の手の者かと思っていた。

しかし、いくら人気のないところでも襲ってこなかった。

もし、権太夫の見張りであれば納得がいく。

不忍池の横を通ったが、まだお紺の姿は見かけない。

釣りをしている老人に話しかけ、お紺の特徴を伝えて、

「そんな女を見なかったか」

と、訊ねた。

「ついさっき通りました。広小路(ひろこうじ)のほうへ行きましたよ」

老人は答えた。

九郎兵衛はさらに足を急がせた。

やがて、下谷広小路に出る。

九郎兵衛は左右を見た。

左手は寛永寺に続く道。右手は筋違御門(すじちがいごもん)へ続く御成街道(おなりかいどう)。

さすがに、寛永寺へ行くことはあるまい。だが、寺に入らず、山下を通り下谷山

崎町へ抜けることも考えられなくはない。

だが、山崎町は江戸でも屈指の貧民窟である。

お紺がそんなところへ行くはずはない。

九郎兵衛は御成街道を進んだ。

もうすぐ日が沈もうとしている。瓦が赤い夕陽を弾いている。照り返しがやけにまぶしかった。

道行く人たちは、ただ黙々と歩いていた。

九郎兵衛はそんな者たちを横目に早足で歩いた。

やがて、筋違橋が見えた。

空は夕方と夜の色が混じっていた。背中から鐘の音が聞こえる。

少し前に、お紺と似た背格好の女の姿を見かけた。

九郎兵衛は走って近づき、

「お紺」

と、声をかけた。

女が振り向く。

「あっ」

お紺であった。

「宿屋に来たそうだな」

「はい」

「何の用だったのだ」

「あれ以来、お会いできなかったので」

「誰が居場所を教えてくれたのだ？」

「今、世話になっている家のひとです」

「どんな男だ」

九郎兵衛はきいた。もしかしたら、吉富の死体を処理した村役人になりすました男かもしれないとも思った。

「小柄で寡黙そうな三十くらいの男です」

お紺が答える。

その男とは違うようだ。

「知らぬな」

九郎兵衛は独り言のように呟いてから、

「それで、お前は今どこにいるのだ」

「『鯰屋』の旦那が用意したところです。すぐ近くです。ちょうど、湯島聖堂の裏手にある稲葉専之助さまという御家人が住まわれているお屋敷の中にある離れです」

お紺がそっちのほうを指した。

「それならば安心だ」

九郎兵衛は頷きながらも、その御家人も鯰屋にうまく利用されているのかという考えが過った。

「よかったら、兄上も来てください。稲葉さまは快く迎え入れてくれるはずです」

「止しておこう」

「遠慮することはございません」

「いや、またの機会にする」

九郎兵衛は言った。

立ち話をしている間に、空はだんだんと薄暗くなっていく。

少し冷たい風も出てきた。

「ともかく、俺は無事だから心配するな」

「でも、心配で……。南川さまがあんなことになってしまうとは思いませんでした。兄上も気を付けてください」

近くを通りかかる侍ふたりが、九郎兵衛たちを横目で見ていた。

知った顔ではないが、用心深く湯島聖堂のほうへ歩き出した。

振り返ると、その侍たちの姿はなかった。

お紺に道案内をされ、稲葉専之助の屋敷まで行った。

門前で立ち止まり、

「すべてが片づいたらまた来る。万が一のことも考えて、宿屋には来ないほうがいい」

九郎兵衛は去り際に言った。

さっき来た道を戻る。

道中で、色々なことが頭の中を駆け巡っていた。

吉富と金次郎が握っていた御前崎藩の弱みというのは何なのか。

九郎兵衛はそこが気になって仕方なかった。

鯰屋もそのことを知っていたのか。いや、そうではあるまい。もし知っていたならば、権太夫であれば、吉富たちよりもうまく立ち回るはずだ。

おそらく、南川も知らなかっただろう。

宿屋に着いた。

部屋に誰かに入られているかもしれないと警戒をしたが、そのようなことはなかった。

ただ、どこからか見られている気がしてならない。

それが、権太夫の手の者なのか、御前崎藩の者なのかはわからなかった。

四

その夜、九郎兵衛は物音がするたびに目を覚ました。

しかし、何事もなく、朝を迎えた。

朝餉を済ませて宿屋を出ると、外桜田の御前崎藩上屋敷へ向けて歩き出した。

門の前にやって来ると、門番が声をかけてくる。

九郎兵衛だとわかると身構えた。

「松永殿、何用ですか」

「六角半蔵殿はいるか」

「どのような御用で」

「いいから取り次いでもらいたい」

九郎兵衛は睨みつけて言った。

門番は少しひるみながらも、

「用件を聞くように言われておりますので」

と、答えた。

「鴨沼殿のことだ」

九郎兵衛は適当に答えた。

「まだ取り調べ中でございます。会うことはかないません」

「会わせてくれとは言ってない。鴨沼殿のことで聞きたいことがあるから、さっさと六角半蔵殿を出せ」

九郎兵衛は声を荒らげた。

それを聞きつけたのか、六角半蔵が出てきた。

「松永殿。しばらくでございますな」

半蔵は柔らかい口調で頭を下げる。

しなやかなお辞儀だった。

「して、鴨沼さまのことで拙者にお話があるとか？」

「いかにも」

「松永殿を疑っているわけではございませんが、鴨沼さまとの関係もありました故、中にお通しするわけにはいきません」

「では、ここでもよい。なぜ、鴨沼殿を捕まえた？」

「何を今さら」

「筆頭家老の大野を殺したのは鴨沼殿ではない」

「鴨沼さまが南川を使って、大野さまを殺したのにはちゃんとした証があります」

「証？」

「鴨沼さまのご家来が認めました」

「無理やり言わせたのだ」

九郎兵衛は蔑むように半蔵を見る。

「いえ、その家来は自責の念にかられたようで、素直に白状しました」

まだ半蔵の声は穏やかであった。

「鴨沼殿が捕まる少し前に、お主の兄、鹿之助が殺されたのも不思議なことだ」

「それは、南川が……」

「違う。南川ではない。俺はふたりを殺した賊と対峙しているのだ。ことに南川を襲った賊のひとりの左腕に傷を負わせた。いつぞや、そなたの長屋の部屋から出てきた侍は左腕を負傷していたな」

九郎兵衛は問い詰め、

「南川を殺した賊は『今川屋』の番頭金次郎も殺している」

と、さらに付け加えた。

会話が途切れた。

半蔵は冷めた目で見ていた。

やがて、半蔵は口元に冷笑を浮かべ、

「その賊を御前崎藩の誰かと疑っているので？」

と、沈黙を打ち破って来た。

「言わなくてもわかっているだろう」

「さあ」

半蔵の目には殺意のような鈍い光があった。

「この話、ここで続けても埒が明かない。場所をかえよう」

九郎兵衛は張り詰めた糸を解き放つように、再び落ち着いた口調に戻した。

「わかりました」

半蔵は空を見上げてから、

「本日暮れ五つ（午後八時）に平河天神で会うというのは如何でしょうか」

と、顔を戻して持ちかけてきた。

「五つとは随分と遅いな」

九郎兵衛は苦笑する。

「我が藩もこのようなごたごたがあったものですから、なかなかやることが残っておりまして」

半蔵はあくまでも、優しい口調で答えた。

「よかろう」

九郎兵衛は約束した。

半蔵の心のうちには何があるのか、顔が異様に歪んでいるように見えた。

五つになった。ときおり、雲が切れて月影が射す。

雑木林に囲まれた平河天神には誰もいない。

本殿かその近くに半蔵の仲間が潜んでいるかもしれず、九郎兵衛は気を引き締めながら、鳥居の近くで待つことにした。

風がやけに強くなってきた。まだ、半蔵は現れない。

四半刻（約三十分）は過ぎた。

その間、夜参りの客はいなかった。本当に、半蔵はやって来るのか。あの場を取り繕うために、適当なことを言ったのか。

もっと挑発した方がよかったか、と少し後悔した。

だが、やがて足音が近づいてくると共に提灯の光が見えた。

半蔵の顔が照らされている。供の者はいない。

半蔵は鳥居の前にやって来た。九郎兵衛も足を進めた。

ふたりの間が近くなると、

「松永殿、お待たせして申し訳ございません」

と、半蔵が頭を下げた。

待たせた割りには、急いだ様子もない。

九郎兵衛は警戒を緩めなかった。

さっきからの強い風で、雑木林がばさばさと音を立て続けている。

「松永殿」

もう一度、半蔵が名前を口にする。

「白状する気になったか」

九郎兵衛は言う。

「何をですか」

半蔵が小さく笑った。

そのとき、後ろから風ではない不審な音がした。

「どうされたのですか」

「仲間がいるな」

「さっきから何を言っているのか」

「お主も腕に自信があるのだろう。堂々と勝負をせい」

九郎兵衛は腰から愛刀三日月を抜いた。

愛刀が提灯の明かりを照り返した。

「向こうの雑木林の中に行きましょう」

半蔵は先に雑木林に向かった。九郎兵衛もついて行く。

広くなった場所で立ち止まり、半蔵は火を吹き消し、提灯を丁寧に樹の横に置いた。

「帰りも使いますので」

「いや、俺が使わせてもらう」

「それは無理でしょう」

半蔵は再び小さく笑い、すぐに素早く刀を抜いた。一瞬のことで、目に見えないほどだ。半蔵は正眼に構えた。

この間とは違う動き、そして違う構え。

月の明かりはあるが、雲に隠れると真っ暗になる。

「鹿之助、南川、そして金次郎を殺したのは六角半蔵、お前だな」

九郎兵衛は誰に聞かせるわけでもないが、声を大にした。

「そういう松永殿は、今川屋吉富を殺しなさった」

半蔵がぽつりと言う。

「……」

九郎兵衛は言い返さず、ただ、半蔵の剣先を見ていた。

それは、相手も同じようだ。

ふたりの間は、互いが踏み込んでも剣が届かないほどにまで離れている。

（ということは……）

九郎兵衛はすぐに感づいた。

強風が吹く。狙ったかのように、月が雲に隠れる。

背後に気配を感じる。

九郎兵衛は腰を沈めながら右の踵を中心に反転した。

影はふたつ。ひとりを左横一文字に斬る。続けて、右横一文字でもうひとりも斬る。

相手は倒れ込んだ。

すかさず、半蔵が斬り込んできた。九郎兵衛は正面を向き、斬り下ろされた刀を顔の前で受け止めた。

半蔵が踏み込んできた。弾き返そうと、押し返す。

力比べになるかと思ったが、半蔵は刀を滑らせて自由にさせると、道場で竹刀で面打ちをするかのように次から次へと顔をめがけて攻撃を繰り出してきた。

九郎兵衛はただただ防御に徹する。

一太刀ごとに、半蔵の刀が重くなる。

やがて、月が射した。

半蔵の顔が見える。

涼し気な顔をして、刀を繰り出し続けている。

九郎兵衛は隙を見て、すかした。そして、半蔵の首元めがけて、「えいっ」と一振りした。

半蔵は身を翻して、中段に構える。

今度はすぐには、踏み込んでこない。

「なかなか」

九郎兵衛は思わず漏らした。

「そっちこそ」

半蔵は楽しむように言った。

権太夫が言ったように、半蔵は強い。南川の強さは身をもって知ることができなかったが、剣の腕に自信がある者でも半蔵の次から次へと繰り返される攻撃には手も足も出ないだろう。

「お前が、頭に血が上って見境もなく村人を殺すわけがない」

九郎兵衛は確信を持つように言った。

「あまり話していると、隙を狙われるぞ」

半蔵は警告してくる。

「やれるものなら」

九郎兵衛は挑発した。

半蔵は黙っている。

隙はない。攻撃にも、防御にもなることができる構えだ。

また月が雲に隠れるのを待っている。

「今川屋吉富が脅していた藤木村での秘密とは何か」

「知る必要はない」

「なぜ、兄の鹿之助を殺した？」

「敵だからだ」

「実の兄を殺して平気か」

「兄弟の情愛などない」

雲がゆっくり流れてきた。

月が隠れて暗闇になり、雑木林から仲間が襲ってきたと同時に半蔵に斬り込まれたら、防ぎきれない。

「松永殿、最期に言い残すことはないか」

「お主が勝つと思うなら、今川屋吉富が握っていた秘密を教えてくれても問題はあるまい。それができないのは……」

雲が月にかかった。足元に影ができる。

九郎兵衛は先にしかけた。

踏み込む。跳んだ。

意表を突かれた顔をした半蔵が刀で上からの攻撃を防御するのを、九郎兵衛は空中からは斬りかからず、地に足が着くや否や、沈み込んで横一文字に払った。

半蔵は素早く反応しながら剣先を避けたが、休まず九郎兵衛は剣先を半蔵の足を目がけ突きだした。太ももを斬った。

半蔵は膝を崩した。そこに、九郎兵衛は横一文字に胴を払った。脇腹に刃先が食い込む。半蔵の腹から血が滴り落ちる。

「半蔵、藤木村の秘密とは何か」

九郎兵衛は問いかけた。

だが、半蔵は苦しみながらも首を横に振った。

「言わぬか。ならいい」

九郎兵衛はうずくまっている半蔵を見下ろし、

「鹿之助殿、南川殿、そして、お主に殺された藤木村の村人の仇だ。覚悟」

九郎兵衛は容赦なく、半蔵の首元めがけて刀を振り下ろした。
また血が吹く。ばたん、と半蔵が倒れた。
背後にひとの気配がした。半蔵の仲間だろうか。
九郎兵衛は血ぶりをして、刀を鞘(さや)に納めた。
辺りを見渡した。
まだ気配がある。
「誰だ」
九郎兵衛は闇に向かって言い放つ。
しかし、一向に出てくる気配はなかった。
九郎兵衛は不意に襲われないように気を付けながら、足早にその場から立ち去った。

五

『鯰屋』に辿り着いたのは、四つ半（午後十一時）に近かった。

返り血を浴びているので、誰かと出くわすわけにはいかない。また、血の臭いにつられて野良犬などが近寄っては吠えたりする。慎重に道を進んだので、外桜田から芝という普段であれば四半刻（約三十分）も掛からないところをその倍も要した。とてもではないが、千駄木の宿屋には戻れない。それを見越して、最初から芝に足を向けて歩いていた。

『鯰屋』の裏口から入ると、たまたま目の前に女中が立っていた。手には茶碗を持っている。

九郎兵衛を見るなり、女中は茶碗を落とした。

茶碗が割れる。

「鬼を見るような顔をせぬでも」

「申し訳ございません。突然のことで」

女中は袴についた血を見ている。さらにその目が返り血の痕を追うように襟に向いた。人を殺してきたとは言えぬが、すでに察しているのだろう。

女中は、はっとした顔をして、急いで割れた茶碗を拾い集めた。

「こんな遅くまで起きていたのか。権太夫に呼ばれたか」

「はい」

「すまなかった」

九郎兵衛は一応気遣ってから奥に進んだ。

いつもの権太夫の部屋に行き、勝手に襖を開けた。

権太夫は文をしたためていた。

筆を置くなり、

「これは」

と、喜ばしそうに顔を綻(ほころ)ばせた。

「半蔵を殺った」

九郎兵衛は卑怯なやり方を選ぶように勧めたことを後悔させるようなつもりで、力強く言った。

そんなことを気にする素振りも見せず、

「松永さまなら、お手のものでしょう」

と、権太夫は笑顔で言う。

「あとはどうすれば？」

九郎兵衛はきく。

「そうですな。直政さまを……」

権太夫は言いかけてから、

「いや、もうその必要はありませんな」

「必要ないとは、どういう意味だ」

九郎兵衛はきく。

「いえ、松永さまにはもう関係のないこと。それに、松永さまもできることなら、これ以上面倒なことに巻き込まれたくないでしょう」

権太夫は恩着せがましく言う。

「直政を殺せというなら、殺す」

「ほう」

権太夫はいつもの不敵な笑みを見せる。

「不満か」

「いえ、何か松永さまの心に火がついたようですな」

「……」

「情に厚いのは結構なことで」

「……」

何も答えなかったが、権太夫の見下すような言い方に腹が立った。

「鴨沼殿はどうやって助け出すのだ」

九郎兵衛はきいた。

「それも結構でございます」

「なに？」

「あとはどうとでもなるでしょう」

権太夫は突き放すように言った。

「鴨沼殿を見殺しにするのか」

「いえ、流れに身を任せるのです」

「半蔵は死罪は免れないと言っていた」

「どうでしょうね」

権太夫は惚けてから、

「松永さまが直政さまを殺したいのであれば、どうぞご自由になさってください。

ただし、私は指示していないことを十分に心得てください」

と、釘を刺してきた。

九郎兵衛は何と答えようか悩みながらも、

「お前さんの真の目的はなんだ」

と、きいた。

もちろん、無駄とわかっていた。だが、もやもやとした気持ちを言葉にするしかなかった。

「南川さまの復讐のお手伝いをしただけにございます」

「まさか」

「では、他に何があると？」

権太夫は余裕の表情で言った。


翌朝、九郎兵衛は木挽町へ行った。

直継は屋敷にいた。

「六角半蔵が死んだ」

九郎兵衛は告げた。

「半蔵が……」

直継が目を見張った。

「これで安心か」

「お主がやったのか」

「……」

九郎兵衛は答えなかった。

ただ、直継は確信を持ったように頷いた。

「あとは鴨沼殿を家老の職に戻せば、敵対する大野もいないことだし……」

九郎兵衛が言いかけると、

「いや」

直継は曖昧な表情で言う。

九郎兵衛は首を傾げた。

「筆頭家老が殺され、江戸家老が謀叛の疑いで捕まっている。さらに、重臣ふたりと、御用商人まで行方不明だ。幕府に知られたら、ただではすまないだろう」

「それは直政が責任を負うことであって、直継さまには関係のないこと。過去には豊岡藩でも、四代目藩主の京極高寛殿の死後、継嗣がいないために改易されたが、弟が継ぐことになって減知されたものの藩は存続できている」

「継嗣がいないのと、家中で騒動が起きたのとではまったく違う」

直継が首を横に振る。

さらに、何か言いかけた。

だが、口を噤んだ。

「なんだ」

「御前崎藩は水産物によって潤っている。その利益を狙う者はいるはずだ。こんな騒動になったのを好機とばかりに、老中に賄賂を贈り、御前崎を得ようとする大名、旗本がいるやもしれぬ」

直継はどこか遠い目をした。

「思い当たる大名はいるのか」

九郎兵衛はきいた。

「……」

直継は答えない。

誰がなろうと九郎兵衛の知ったことではない。それよりも、ふと他の考えが脳裏を過った。

この一連の騒動は予め仕組まれたことだったのではないか。

御前崎の地を得るために、元から派閥争いがあるのを知り、わざと騒動を起こした。

それを担ったのが南川で、その裏にいるのが鯰屋権太夫。

南川は純粋な気持ちで復讐をしたかった。権太夫はその南川を利用した。

もしかしたら、ある大名が権太夫に話を持ちかけたのかもしれない。そうすれば、権太夫にも利益になり、九郎兵衛を派遣したことも納得がいく。

考えているうちに、そうに違いないという思いが強くなった。

その間、直継はただ黙って九郎兵衛をじっと見ていた。

心のうちでは何か言いたいことがありそうだ。

九郎兵衛はそっと頷く。

「松永殿。じつはこの後」

直継は言葉を溜めてから、

「兄上から上屋敷に呼ばれている」

と、重たい声で告げた。

九郎兵衛は嫌な予感がした。

大野が殺されたあとには鴨沼が捕まっている。半蔵が殺されたあとには……。

「ひとりで行く気か」

「供の者は連れていく」

「なんなら、俺が付き添う」

九郎兵衛は思わず口走った。

「なに？」

直継が驚いてきき返す。

「俺が供の者に扮する」

「しかし、お主は半蔵を殺した」

直継は言い切った。

それから、

「兄上や他の者もそう睨んでいるに違いない。命を落としに行くようなものだ」

と、心配そうに言う。

「負けぬ」

九郎兵衛は短く答えた。ごちゃごちゃ説明する必要はない。

「だが」

「半蔵と他のふたりを相手に倒したのだ。半蔵よりも腕が立つ者はおるまい」

「そうだが……」

直継はまだ複雑そうな表情をしている。

「お主も、そのまま行けば殺されるかもしれない」

九郎兵衛は言った。

「……」

「まさか、死ぬつもりだったのか」

「違う。だが、行かなければ、どうなるかわからない。それならば、この際に決着をつけようと」

直継の目がどこか狂気じみて見える。

兄と刺し違える覚悟なのかもしれない。

「やはり、俺が行く」

九郎兵衛に助ける義理はない。

しかし、捨て置けない。

何度か押し問答があってから、

「好きにせよ」

と、直継が言った。

それからすぐに、ふたりは木挽町を出た。


三宅坂を上がり、御前崎藩上屋敷の門の前に立つ。

「直継さま。どうして、松永殿を……」

いつもの門番が訝しそうな目をする。

「わしの家来だ」

直継は冷たい顔で返す。

「松永殿は鴨沼さまの客将でした。謀叛に加わっていたと疑うわけではありませんが……」

門番は困ったように言う。

「わしは兄上に呼ばれてきたのだ。供の者を連れるのが悪いということはなかろう」

「ですが、その者が……」

「確固とした証がないのに、決め付けるのはおかしいのではないか」

直継は今までにないほどの迫力で迫る。

門番は圧倒され、

「左様でございますが、これは上役にきいてこなければなりませんので」

と、逃れようとした。

「逆らうというなら、この場でお主を斬り捨てる」

直継が言い放った。

門番がぎょっとする。

九郎兵衛は直継の言葉に合わせて、腰の刀に手をかける。

「わかりました」

門番が渋々門を開けた。

ふたりは中に入って行った。

早歩きで庭を通り、御殿に向かう。さっきの門番は先回りして上役に伝えようと御殿に向かって駆け出した。

(中に入ってしまえばもうこちらのものだ)

玄関に着いた。

目付の小出が立ちはだかる。

「直継さま、勝手なことをされては……」

小出は門番よりも強い口調で制した。

「兄上に呼ばれている。邪魔すれば、この者がお主を斬る」

直継は再び脅した。

「お通しするわけにはいきません」

「ええい、どけい」

九郎兵衛は小出を押し退けた。

「お待ちください。腰のものを」

若い侍が刀を預かろうとした。

九郎兵衛は愛刀を腰から外して若侍に預けた。

ふたりは勝手に廊下を奥に進んだ。

その気迫にすれ違う他の家来たちは端に避けた。誰も止めようとはしない。

やがて、藩主との対面の部屋に着いた。

襖を開けて入る。

下座の間で待っていると、上座の間に直政がやって来た。

「九郎兵衛」

声が微かに震えていた。

「兄上、お呼び頂いたのはいかなるご用でしょう」

と、直継が力強い声で迫る。

隣の部屋には、武器を手にした家来たちが潜んでいるのがすぐに読めた。

「ここで、殺す気だったようだな」

九郎兵衛が言い放った。

「……」

「どうなんだ」

「……」

やはり、答えない。

「ひとつ、わかったことがあります」

直継が言った。

九郎兵衛は直継を見た。

何を言い出す気なのか。

「薄々気がついていたことですが」

直継は間を置く。

直政の額から汗が垂れる。

直継は直政を真っすぐに見て、

「父はわしを継嗣に定めていました。それは兄上の狂暴な性格が藩主に向かないと思ったからでしょう」

「何を根拠に」

直政が口を挟む。

「兄上が藤木村の虐殺の際に、大野に皆殺しをするように口添えしたという噂があります」

「ばかな」

「これらは今さら証を求めることは難しいでしょう。ですが、藤木村の虐殺についての秘密がわかりました」

「なに？」

「そもそも、あの虐殺は年貢の二重取りという村人の言いがかりがきっかけということになっていますが、村人の反論が正しく、他に理由があったのです。本当は、父を殺したことを知った村人を殺すために仕組んだのでしょう」

直継が言い切る。

「藩主を殺した？」

九郎兵衛はきき返した。

「鷹狩りと称して父を山野に連れ出し、その帰り、藤木村のどこかで休憩をとったときに筆頭家老の命を受けた者が毒を呑ませたのです。父は帰ってから体調を崩し、翌日息を引き取った」

直継は息継ぎをし、

「毒を呑ませたのを見ていた村人がいたのです。のちのちのことを考え、口封じをしなければならなかった。だが、誰に見られたのか特定できない。噂が広がるのを恐れて、大野が半蔵に目撃した者を探し出し殺すように命じた。しかし、兄上はそれではときがかかるから、藤木村の村人を虐殺することをそそのかしたのです」

「父上は餅を喉に詰まらせて死んだのだ」

直政が言い返す。

「兄上と大野は藩内での権力を手に入れるために共謀して、父を殺したのです。しかし、今川屋吉富はこの事実を知っていた。だから、筆頭家老は言いなりになって御用商人として取り立ててやるしかなかったのです」

「今の話、まことか」

九郎兵衛には考えもしないことであった。

「根も葉もないことを……」

直政が鼻で嗤う。

しかし、目は泳いでいた。

直政はいきなり立ち上がり、小姓が持っていた刀を奪い、

「者ども、ふたりを殺せ」

と、大声を上げた。

しかし、隣の部屋にいるはずの家来たちは出てこない。直継の話を聞いたからか。

九郎兵衛は失礼と叫んで上座の間に上がり、直政から刀を奪った。直政は足から崩れ落ちた。

「南川は鴨沼殿の指示で動いていたわけではない。あの虐殺で親族が殺された。その復讐をしようと思ったのだ」

九郎兵衛は激しい口調で言った。

直政は体勢を変えることもなく、愕然としたままであった。

その日の夜。九郎兵衛は『鯰屋』に行った。

事の次第を権太夫に伝えた。

「ほう、あの虐殺についてはそのような秘密が」

権太夫は驚いた風の顔をした。

「惚けるな」

九郎兵衛は権太夫を睨みつける。

「はて、惚けるとは？」

「お主は虐殺の真相を知っていたのだ」

「なぜ、私が知り得ましょう」

「金次郎だ」

「……」

「俺は金次郎も半蔵に殺されたと思っていたが、違った。お主の命令で俺が斬った吉富の死体を始末した男がいた。俺の前に村役人の茂平と名乗った男だ。その茂平が金次郎を捕まえ、お主が拷問して今川屋吉富が摑んでいた秘密を白状させたのだ。違うか」

「まさか」

「お主、直継さまからの文を受け取った夜、手紙を書いていたな。そこでその秘密を明かした」

「想像がたくましいですな」

「直継さまがそなたから聞いたと仰っていた」

「直継さまには他言無用と……」

権太夫があっと声を止めた。

「語るに落ちたな。鎌をかけただけだ。直継さまはきいても教えてくれなかった」

「……」

珍しく、権太夫は顔をしかめた。

「だが、わからない。お主はなぜ真相を知りながらずっと隠していたのだ。そのことが不思議だった」

「特に他意はありません」

「いや、おおありだ。今、やっとわかった。お主は直政公と直継さまの両方とつながっていた。あるときは直政公に、またあるときは直継さまのために。なぜか」

九郎兵衛は口を歪め、

「そなたの狙いは、両方を潰すことだったのだ」

「……」

「今日、直継さまは直政公にこう言った。このままだと御家騒動が公儀に知れて、へたをすれば御家のおとり潰しまで行きかねない。兄上も藩主の座を退き、私も後継を望まない。新しい藩主を他家から兄上の養子として迎えてはと」

「で、直政公の返事は？」

権太夫は無表情できく。

「受け入れた」

「それで鴨沼さまは？」

「謀叛の企みはなかったと」

「では、復職がかなうわけですな」

権太夫は微笑んだ。

「そうだ。直継さまも現状のまま。ただ、直政公は新たに養子を迎える。お主の思う通りになったわけだ。そなたは最初からこれを狙っていた」

「まさか」

「どこの御家の誰が養子に入るのか、お主は知っているのだろう？」

「そう先走りなさらなくても」

権太夫は苦笑した。

「もういい。俺はこれで御前崎藩と縁を切る」

九郎兵衛はそう告げて立ち上がった。が、すぐ思いついて、

「そういえば、どうして俺をずっと尾けている?」

と、きいた。

「はい?」

「ずっと尾けさせているだろう。弱みでも握ろうとしているのか」

「私ではありません」

権太夫は真面目な顔で否定する。本当かどうかわからない。

「松永さま。明日にでも謝礼をとりにきてくださいな。お紺さんも交えてお食事でもしましょう」

権太夫は穏やかな顔で、

「松永さまとのお付き合いはこれからも続くのですから」

九郎兵衛は何も言い返せないまま『鯰屋』を後にした。

いつ権太夫から離れられるのか。九郎兵衛には見当もつかなかった。

この作品は書き下ろしです。

幻冬舎時代小説文庫

●好評既刊
商人殺し
はぐれ武士・松永九郎兵衛
小杉健治

浪人の九郎兵衛は商人を殺した疑いで捕まるも身に覚えがない。否定し続けてふた月、真の下手人が見つかるが……。腕が立ち、義理堅い一匹狼がその剣で江戸の悪事を白日の下に晒す新シリーズ。

●好評既刊
仇討ち東海道(一)
お情け戸塚宿
小杉健治

父の無念を晴らす為に、江戸へと向かった矢萩夏之介と従者の小弥太。しかし仇は、江戸を出奔し東海道を渡っていた。ふたりは無事に本懐を遂げることが出来るのか!? 新シリーズ第一弾。

●好評既刊
仇討ち東海道(二)
足留め箱根宿
小杉健治

父の無念を晴らす為に、東海道を急ぎ進む矢萩夏之介と従者の小弥太は峻険な箱根の山でおさんという素性の分からぬ女を助ける。しかもこの女、脛に疵持つ身のようで――。シリーズ第二弾。

●好評既刊
遠山金四郎が斬る
小杉健治

悪事が横行する天保の世。江戸の町に蔓延る悪を、天下の名奉行が今日も裁く。北町奉行遠山景元、通称金四郎の人情裁きが冴え渡る!! 著者渾身の新シリーズ第一弾。

●好評既刊
遠山金四郎が奔る
小杉健治

北町奉行遠山景元、通称金四郎のもとに、火事の知らせが入った。火事場に駆けつけた金四郎だったが、ある男と遭遇して――。天下の名奉行の人情裁きが冴え渡る、好評シリーズ第二弾。

剣の約束

はぐれ武士・松永九郎兵衛

小杉健治

令和5年6月10日　初版発行

発行人――石原正康
編集人――高部真人
発行所――株式会社幻冬舎
〒151-0051東京都渋谷区千駄ヶ谷4-9-7
電話　03(5411)6222(営業)
　　　03(5411)6211(編集)
公式HP　https://www.gentosha.co.jp/
印刷・製本―株式会社　光邦
装丁者――高橋雅之

幻冬舎時代小説文庫

ISBN978-4-344-43300-7　C0193　こ-38-15

この本に関するご意見・ご感想は、下記アンケートフォームからお寄せください。
https://www.gentosha.co.jp/e/